이상하고 아름다운 도깨비 나라

이상하고 아름다운 도깨비 나라

이어진 시집

청색종이

시인의 말

이 꿈은 옮겨갈 듯 옮겨가지 못하는 꿈이다
너의 꿈속으로 전학 가고 싶었는데 네가 내 꿈을 따라와서
우리는 함께 살게 되었다
지루한 동거가 시작된다 너는 나를 옆에다 앉혀 놓고
하루 종일 속삭인다 네가 사라졌으면 좋겠어
너와 나누던 밀담, 그래도 나는 계속 네 옆에 붙어 있고
네가 해주는 이야기가 달빛이었으면 좋겠어
바닷가를 걷다가 만난 연인처럼 너는 계속 컵 속에 앉아 있다
이런 이런 달빛이 흘러넘치고 있군

이어진

차례

이상하고 아름다운 도깨비 나라

이어진 시집

II

장미의 팔을 잘라먹는다는 소문이었다

III

팔을 비틀어 던지고 더 먼 공중에서 솟아나기를

해설

I

내 차가운 심장에 기름을 부어 줘

수선화

내 차가운 심장에 기름을 부어 줘 풍선을 타고 하늘을 오를 수 있게 노래는 날아가고 꽃은 피지 않는다 민첩한 꽃들이 잘생긴 나무와 놀아나도 좋은 시간, 나는 우울한 겨울을 껴입고 암흑의 시간을 즐기지 눈꽃 나라의 부츠를 신겨 줘 냉동의 가슴이 한 컵의 물이 될 수 있게 공처럼 눈 위를 튀어 오르고 싶어 성냥의 입술이 필요해 내 얼어붙은 방 안의 냉기를 녹여 줄 손목의 십오 초 집중이 필요해 가난한 유리창은 빗물을 길어오지 않는다 눈의 제왕은 고장 난 하늘에서 낮잠에 빠져 있다 유리 숲으로 난 길 위로 소풍을 떠날 봄꽃들의 수다가 필요해 내 뿌리의 근원을 깨물어 줘 뱀처럼 날름 관능의 독을 내밀게 씨앗은 잠들지 않는다 잠 속에 꽃 핀 물의 여왕 앞에 머리를 조아리는 눈꽃의 신하들, 처음의 시간으로 햇살은 화살을 쏘아 올리지 순정한 꽃잎이 나무의 뿌리에서 단꿈을 갉아먹는다 가벼운 농담은 잠에서 웃음을 잎사귀로 매달지

생애 처음 꽃봉오리를 내밀 수 있게 내게 구두를 신

겨 줘 파란 바다를 성큼성큼 걷는 꼬마 거인의 엄지발가락이 되게, 미친 사랑은 발가락의 운동장에서 축구를 쏘아 올린다 붉은 토마토의 푸른 모자와 하늘을 바꾸어 쓰는 일은 왜 일어나지 않는가 하얗고 순한 발톱이 필요해 기다림의 시간을 갉아먹는 쇼핑의 환유와 악수할 수 있게 혹독한 계절은 옥타비오 파스의 목발을 쏘아 올리지 바람에 매달려 한 시절 짜릿한 발목이 핀다 붉은 바지가 필요해 미뉴에트의 시간은 아무 때나 찾아오지 않는다 목마른 시간 고양이의 깃털은 눈밭을 달려오지 땅속에서 잠깐 당신과 해후하면 뼛속의 소름이 오소소 돋는다 방랑자는 문밖에서 눈뭉치를 집어던진다 긴장한 손가락은 문고리를 꽃술 깊이 잡아당기지 붉은 모자가 필요해 불쑥 내민 검은 머리통을 가릴 수 있는 냉정한 마음을 감출 수 있는 화창한 얼굴의 파리한 감각이 필요해

잠의 나뭇가지

나무를 심은 건가 내 몸에서 흔들리는 나뭇가지, 우아한 풀들이 자라나는 공중의 들판 너는 길고 나는 아름다워 꼬리에서 자꾸만 긴 뱀이 자랐네 팔에선 좁은 들길이 자랐네 내가 걸어간 발자국을 달빛 내려앉은 공중이라고 해줘 나에게 와주었을 때의 저녁, 나무가 흔들리는 들판에서의 만남 별들이 고요해지면 우리는 긴 혀를 뻗어 서로의 입술을 훔쳤네 관자놀이에서 흘러내리던 별 그날 이후 나는 공중의 바람처럼 밤하늘에서 빛났지 별이 되어 반짝이다가 나는 나를 데리고 먼 여행을 떠났지 별이 온몸 가득 흔들리기도 천 개의 나뭇가지로 네 마음속에서 흔들리기도

창문의 각도

허공으로 던진 돌이 옆집 장독대 위에 내려앉는다 케이크에 스며든 달빛이 아침의 마당에서 발견된다 그건 거의 지구의 자전과 같은 둥글기여서 달의 파편을 밟고 새떼들이 날아오른다 그건 거의 오렌지의 반란과 같은 느낌이어서 아침이 늦게 솟아오른다 조용한 입술이 달그락거리는 수평, 그림자 안에서 해가 지지 않아요 갸우뚱하게 아이가 잠자고 있어요 내게 나뭇잎을 떨구어 주는 나무들, 네가 건넨 백지 수표에는 거리의 음악들이 쏟아졌다 밤이 사라지자 아침이 일어납니다 태양이 각을 넓혀 비춰 주는 세계에서 정확한 시계의 초침이 걸어가고 있었다 언제든 이별할 수 있는 약속들 저녁의 새떼에게는 미안한 일이지만 새로운 길 하나를 얻기 위해 너는 방향을 바꿔 이상하고 아름다운 저녁의 세계로 떠났다 나는 달그락거리며 아침을 준비하고 있었다 손바닥의 잎사귀에서 파릇한 새싹이 움텄다 따스한 밥이 찾아왔으면 좋겠어 나는 주사위를 던졌지만 아무도 그 숫자를 알아맞히지 못했다 미지의 세계에서는 아침과 저녁이 교대로 외출했다 이대로의 삶이라면 죽음이 따로 없

을 거 같다 미친 듯이 사람들이 자기의 얼굴을 후려쳤다
저녁이 미리 찾아온 집에는 나무가 남아 집의 창문을 아
직 비춰 주고 있었다

계단의 깊이

신발을 신는데 불이 켜졌다 계단을 오르는데 벽에서 땀이 났다 백 층 높이의 계단을 오르고 있다 계단을 오를 때마다 벽이 높아진다 밑줄 그은 문장이 벽에 매달려 있다 신발이 계단을 밀어내고 있다 공간이 더 넓어지고 단어들이 너를 끌어올리고 있다 단어들 사이로 땀이 번져 가고 있다 잎사귀가 손바닥 위에서 자라고 있다 손바닥 위에서 문장이 돋아나고 있다 파란 줄기가 벽을 타고 오르고 있다 네가 계단을 오르고 있다 너의 숨소리가 가빠지고 있다 너의 발소리를 단어들이 따라가고 있다 나무들이 벽 위에서 점점 많아지고 있다 활엽수의 넓은 길들이 너를 이끌고 달려가고 있다 네가 산길을 오르고 있다 단어들이 너의 머리 위를 날아다니고 있다 흰구름 속으로 너의 모자가 걸어가고 있다 네가 나무처럼 산 위에서 아래를 내려다보고 있다 흰구름이다 네가 그토록 만나고 싶어하던 흰구름이다 네가 계단을 내려오고 있다 벽 위에 나무들이 계속 자라고 있다 단어들이 너를 따라오고 있다 단어들 사이에서 너는 몸을 작게 움츠리고 계단을 내려오고 있다 문장들이 너의 앞을 가로막고 있다 너는 문장의 뒤를 따라가고 있다 네 손에서 자란 잎사귀가 너의 눈앞을 가로막고 있다 너는 잎사귀로 눈을 가리고 계단을 내려오고 있다 백 층 깊이의 계단으로 떨어지고 있다 엘리베이터에서 사람이 내리고 너는 벽을 타고 내려와 다시 계단을 오르고 있다 벽에서 나무가 자라고 있다 잎사귀가 너의 몸에서 자라고 있다 너는 문장들을 밟고 있다 단어들이 계속 계단을 만들고 있다 너는 단어들을 밟고 계단을 오르고 있다 너는 흰 구름을 밟고 문장을 오르고 있다 문장으로 연결된 계단을 밟고 너는 집 안으로 들어서고 있다 불이 꺼지고 너는 단어처럼 가만히 의자에 앉아 물을 마시고 있다 백 층 깊이의 계단을 파헤치며 너는 시를 읽고 있다 계단이 되어 가는 나를 읽고 있다

물속에서

나는 가만히 너의 뿌리를 바라보고 있다 물속에서 수만 갈래의 생각들로 뻗어 있는 너의 얼굴들, 네 걱정의 눈동자를 들여다보면서 나는 네 눈동자의 깊은 숨소리를 듣는다 죽어 가며 내게 무어라 속삭이는 소리 내 안의 깊은 방 안에서 너의 뿌리들을 헤아려 보고 있다 쉼 없이 걸어왔던 길의 도중에서 내게 뿌리내리고 있는 너의 입술을 만져 보고 있다 나는 착한 물의 눈동자가 되어 지순한 뿌리의 숨 안에서 나는 그만 나의 입술을 놓친다 입술의 맑은 물소리 안에서 너는 내게 웃음을 주고 나는 네가 떠올린 안개가 되어 청춘을 돌려놓고 너의 추억을 내게로 향하게 하고 가만히 들여다보고 있다 이토록 아름다운 저녁에 너의 무릎을 베고 누워 나 한가로이 물의 고요함을 이야기하는 것이 미안해 구부러진 저녁의 식탁 위 미치도록 자라는 양파의 파란 줄기를 떠올리는 게 미안해 물속에 꾹꾹 눌러 담으며 내 노래를 너에게 들키지 않게 하기 위해 나는 나에게 골몰하고 또 너에게 골몰하고 너에게 다가가기 위해 너의 아픔을 가만히 들여다보고 너의 아픈 위를 가만히 쓸어 보고 어쨌든 너는 지금 조용히 나를 생각하고 있다

이상하고 아름다운 도깨비 나라

어제 책을 읽었는데
책 속에 내가 잠들어 있었다
오늘 아침 현관문을 열고 나갔는데
그곳이 이웃 나라 바닷가였다
나를 책에서 봤다며 어떤 사람이 내게 다가와서 말을 걸었고 그곳을 그와 어깨를 부딪치며 걸었다
나는 원래 여자였는데
오늘은 남자의 음성이 내 입으로 흘러나왔다
나는 오늘 바닷물이 되고 싶은데
그는 나더러 구름이라고 말한다
나는 뛰어가는 아이스크림이고 싶은데
그는 나더러 모자라고 말한다
그럴 리가 없다고 말하자
그는 시간을 돌려 과거로 가보자고 말한다
그는 버스를 탔고
나는 기차를 탔고
우리는 빌딩 위에서 만나 각자 자신이 가져온 커피를 마셨고

내가 그를 떠올리자 그는 내가 좋다고 말한다
아이가 빌딩 위에서 공놀이를 하고 있다
그가 공을 받아서 아이에게 돌려주고
아이가 나에게 공을 던지고
공놀이를 하다가 우리는 사라졌다
다음 날 아침에 일어났는데
가방이 있었다
가방 안에는 공이 있었고
투명한 공 안에는 그가 아이를 안고 잠들어 있었다
나는 그와 책을 같이 보았는데 그래서 아이가 태어났다고
그리고 그 아이가 나의 아들이었다고
그는 말했다
그는 내가 없으면 못 살 거 같다고 말했고
나는 그를 사랑한다고 말해 버렸다
그리고 다음 날
나는 그가 차려 주는 밥을 맛나게 먹었다
아이는 로고 조립을 잘해서

너무 예쁘고 사랑스럽고
그는 문을 열고 나가며 말했다
당신은 도깨비인가?
당신은 도깨비인가?
가방이 가만히 소파 위에 있었다
소파가 물끄러미 가방을 바라보고 있었다

나를 수집하는 방식

나는 실어증에 걸린 커피를 즐겨 마시는 습관이 있다

태양과 바람이 들어오지 않는 캄캄한 방구석

그 안에서 책을 읽는 시간이 있다

한쪽 눈만으로도 글씨를 읽을 수 있는지 의심병에 걸려 안과에 갔다가 발견한 사실, 눈이 아프면 온몸이 전염병에 걸린 것처럼 욱신거린다는 사실

방금 오른손으로 편지를 쓰다가 팔이 아파 쉬고 있었는데 내 손가락 하나가 거리에서 발견되었다는 기사를 본다

내 눈동자가 책 안에 흩어져 여기저기 돌아다닌다는 기사도 있고, 흩어진 나를 수습하는 가장 쉬운 방법은 사라진 나를 폐기하는 것이다

나는 사라진 나의 생애를 복원하는 방법을 검색한다 나는 풍경을 읽는 공식을 찾아 헤맨다 해체된 나를 다시 사랑하기 위해 함께 밥을 먹었던 공원을 가본다

해 질 녘 한강변에서 먹었던 도시락이 있었던 자리에 내가 지루하게 흩어져 있다 혹독한 고통이 지나면 언젠가는 다시 희망이 뜰 거라 했다

해체된 나의 문장들이 아프게 나를 구성하고 있다
까만 강이 흐르는 커피 한 잔을 앞에 두고
나의 문장을 고치고 있다 넣고 빼고 넣다가 빼고
끝나지 않을 거 같은 계단이 벽 위에 돋아나고 있다
양쪽 팔이 아파 나를 잠시 침대 위에 던져두다가 다시 일어나 나의 흩어진 가계를 정돈하고 있다
거액의 영수증은 나를 거부하고 내가 연모하는 글자들은 나를 가만히 들여다본다 글자들로 나를 구성하느라 일생을 보내고 있다 나를 수집하는 글자들이 나를 응시하기 시작한다 나의 날개가 너의 눈 안에서 파닥거린다

꿈에서 보내 온 황매화

네가 꿈에서 보내 준 노란 국화 한 묶음을 생각한다 어떤 꽃인지 생각나지 않아 머릿속을 뒤적여 보다가 너와 꿈에서 먹던 빵 한 조각을 떠올려 보는데

그건 작은 태양 같은 꽃이어서 누나 그 속에 들어가면 나오지 못해 동생이 물컵을 들고 지나가며 중얼거린다

동생은 내 꿈속을 다녀간 것인지 내 생각 속을 다녀간 것인지 묻고 싶지만 넌 미래에서 온 눈송이 눈송이를 조각하는 눈송이 그런 의미를 담은 웃음소리를 물컵 속에 던져두고 싶은 기쁨이 기쁨의 미소가 입가에 떠오를 때

너는 사심이 없구나 내 꿈속을 장악하지 않고 멀리 사라졌으니 멀리 사라져 아무것도 생각나지 않으니 이 꿈은 너무 아름다워 꼭 기록하고 싶었는데

누나 황매화 속으로 소풍 갈까 동생이 한쪽 눈을 지그시 감으며 내게 미소를 걸어온다 이건 꼭 꿈에서 만난 한낮의 빵 속 같아 나는 빵을 먹다 말고 깔깔깔 웃고 말았는데

너는 내게 꿈속에서 국화를 준 사실을 기억하지 못하는지 소식이 없다 소식이 없으니 이 사건은 미제에 부치

기로 한다 먼 미래에서 온 눈송이 그 속을 열면

내가 사랑했던 한때가 눈사람처럼 가만히 서 있다

사랑한다 사랑한다 말하던 파리한 너의 입술 속으로 새소리가 푸르르 날아가고

잊는다 잊는다 말하던 너의 두 눈 속으로 한 떼의 구름이 들어가고

모두 눈사람의 기억이라고 눈송이가 흩날릴 때 너는 그런 마음을 잊은 표정으로

국화 속에 앉아 있다

누나 노란 국화 속으로 소풍 갈까 동생의 미소가 식탁 위에서 들릴 듯 말 듯 까마득한 미래에서 온 편지처럼

달리아

창문 밖에 달리아 한 송이 피어 내가 듣는 모차르트 음악을 같이 듣는다 이 잎은 우리가 처음 만나 손을 교환하던 연두의 잎을 닮았다 너는 손이 참 파랬는데 달리아는 붉고 진한 색의 꽃잎을 가졌다 낮은 담장이 늘어서 있는 정원이 넓어진다 숲으로 이어진 길 위 저쪽까지 달려나가는 달리아들이 내가 있는 창문 쪽을 바라본다 나는 집 안에서 달리아들의 대화를 엿듣는다 돌아오는 토요일 커피 한 잔 어때요 달리아들은 숲과 집의 사이에서 저마다의 빛깔로 붉다 달리아들이 들판을 달린다 점점 많아진다 점점 키가 커지고 풍성해진다 석양 한 다발이 구름 위에 걸려 있다

나는 음악을 들으며 말한다 내가 심은 달리아 한 알이 이렇게 많아지다니 이런 속삭임을 내게 들려주다니

웃지 않는 나무들

#1

너는 웃지 않는다 비를 맞는 건 나무의 표피 이것은 구름의 전언이다 바다에서 온 소라의 언어다 소년의 표정으로 나란히 붙어 있는 나무처럼

너에게 우산을 씌워 준다

너는 바다를 상상한다 먼 곳으로 헤엄쳐 가는 물고기를 그 물고기의 하늘을 그 하늘의 붉은 장미를 너는 떠올리지

바람이 나뭇가지를 흔든다 잎사귀가 웃는 연습을 하는 것이라고 읊조린다

침묵 속에서 너는 나뭇가지가 길어지고, 바람의 피부를 습득하고 잎사귀의 소리에 귀 기울이고

들판을 달린다

들판은 부딪히지 않는다 바람을 흔들 뿐 풀은 흔들리면서 길어진다

너를 대신해서 우산이 걷는다 여름의 표정이 깨어나면 장미의 울타리와 가시의 문장이 너의 어깨에서 피어나고

사람의 안경이 흔들리고 너는 사랑에 빠진 표정이다 사랑을 잃은 나무는 바람의 소리를 알아차리지
너는 석양의 슬픔을 잊는다 미래를 들킨다
좁은 들길을 지나면서 풀의 노래를 스친다 마음에 바람이 젖어든다 빗방울이 우산 위에 톡톡
저녁은 흰 구름, 흰 구름 속의 붉은 편지

#2

불안하게 컵이 흔들리고 커튼을 내리며 밤이 온다 불투명한 유리창 안 너는 두 팔을 활짝 펴고 나무를 상상하지
너의 머릿속을 탐색하는 새, 전생에 대해 지저귀지 비는 밤의 검은 눈동자 속 장미의 얼굴로 웃고 있지
너는 울지 않는다 한 잔의 잠과 장미 한 잎을 교환하고 한 컷의 꿈과 얼굴을 바꾼다
꿈꾸지 않고 사랑하지 않는 시간이 올 것이다 누군가 우산을 들고 지나간다 너는 깊은 바다의 슬픔을 알지 못

한다 단지 상상할 뿐 나무들의 바다는 미풍에 잠시 흔들릴 것이다

검은 태양의 집

잎사귀를 바라보다 눈이 먼 몸이 얼마나 추운지 뿌리는 말하지 않지만

기쁨을 나뭇가지에게 보내는 일은 멈추지 않는다

오랫동안의 기근은 수피 사이에 매달려 꿈에서조차 운다 바람의 문장을 훔쳐 간 줄기의 눈썹으로 나무는 푸르다

검은 바람은 기분이 좋구나 검은 슬픔은 때로 잎사귀를 흔들지만 기쁨은 달빛을 떨어뜨리고 사랑은 타오르지 않는다

사랑은 타오르지 않을까 태양의 눈썹으로 달려가는 자전거의 바퀴가 아름답다 아름다워서 비틀거린다

꿈의 가느다란 오르막길, 네가 달빛을 끌고 산을 오른다 나무 냄새가 길을 물들인다 들꽃이 여기저기 피어나고

그 냄새를 기억하는 게 낯설어 달의 기쁨과 태양의 슬픔을 섞어 만든 물고기가 달의 호수에서 헤엄치는 상상을 하는 게 낯설어

너는 곧 태어날 아기의 옷을 입고 공중을 난다 꽃의

줄기와 나비의 문양을 어깨에 두르고 발가락의 꼼지락거리는 기운을 전해 온다

창밖 바람이 운다 검은 태양이 비틀거리며 언덕을 오르는 밤, 어두운 달빛이 나무의 푸른 기운을 틔운다

뿌리가 길게 흘러가다 강이 된다는 생각 나무가 푸르게 들어서기를 기다리는 검은 태양의 집

사과와 토마토를 위한 노래

내가 점점 젊어진다고 한다
식탁 위에서 사과를 깎을 때
도마 위에서 토마토를 썰 때
나의 얼굴이 없어진다고 한다
내가 사라진 자리에
한 알의 사과가
한 알의 토마토가
생겨난다고 한다
거울이라는 속성의 눈동자에서
무한한 과일이 자라난다고 한다
슬퍼하지 않아서
어떤 느낌이 없어서
기분이 상쾌하다고 한다
거울 안에는 한 달 동안 아무도 살지 않았다
내가 거울 속을 다녀간 뒤에는
점점이 사과가 점점이 토마토가
점점 젊어지는 얼굴로
벽 위에 생겨난다고 한다

기쁜 목소리를 연습하기 위해
나는 사과 안에서 잠이 들고
외롭지 않기 위해
토마토 소스를 만든다
요리를 하다가 너를 쳐다봤는데
누구세요 당신
점점 젊어져서 죄송합니다
사과와 토마토의 탓이라고
너는 토마토와 사과의 머리를 쓰다듬고
나는 내 목소리가 아닌 거 같아서
거울을 들여다본다
내가 사라진 자리에
한 사람의 목소리가 거울 속을 돌아다닌다
나는 그 사람을 물끄러미 쳐다보았다
너는 내가 점점 사과를 닮아 간다고 한다
사과가 없어진 자리에 내가 있었다
내가 사라진 자리에 토마토가 있었다

벚꽃 크로키

마주보며 웃던 카페의 벚나무 그림 안으로 이민 가고 싶어진다
약속도 없이 하얗게 피어서 푸른 나뭇가지를 가랑가랑 적시던 빗줄기들
신호등 앞에서 대기 중에도 네 입속에선 문득 벚꽃이 피고
먼 훗날 바람에 꽃잎이 비틀리리라는 것을 모르고
트럭 밑을 굴러가게 되리라는 것도 모르고
나는 벚꽃인가요? 너는 부끄럽게 물었다
그렇게 웃으면 이빨이 벚꽃처럼 보일 텐데
한 입 베어 물면 내가 한 그루의 벚나무가 될까 봐
조심스레 건너던 물음표들 카페 벚나무 위에 피어
오랜 시간이 지난 후 여태 너는 벚꽃인가요?
묻고 싶은 말들이 머릿속에서 벚나무를 심고 벚꽃을 피우고 버찌를 실은 트럭을 모는 동안
너는 아직 벚나무 밭으로 이직하지 않았는지
벚나무 안에서 우리는 한 알의 씨앗이었나
마주보고 웃던 두 세계의 무역이었나

여름이 묻는데 겨울이 하얀 눈송이를 수북이 쌓아 놓고 카페 안으로 들어간다
우리는 어느 세계에서 이민 온 벚꽃들처럼
각자의 조국을 잊지 못하는 얼굴로
벚나무의 흔들림을 캄캄하게 듣고 있으리

내 귓속을 한동안 응시

바다 위에 누운 구름이 자신의 물결을 바라본다 구름은 신비로운 눈동자를 가졌다 바다 하고 부르면 솨 솨 네가 밀려올 것 같아 귀가 아프다 네가 한 거짓말을 바다에 가져다 버렸는데 바다는 그 말을 다 삼켜 버렸는지 기억하지 못하는지 표정이 없다 구름의 눈동자는 깊고도 부드러워 그 눈에 매혹된 눈동자는 두 눈을 뜨지 못한다 표정만으로 밀려오는 너의 목소리, 어디에도 가둘 수 없어 차라리 태양의 흑점에 스며들어 온몸이 불타고 싶다

진실은 바다 깊은 곳에서 은닉함으로 자신의 물방울을 밀어 올리는 것 물방울의 혀는 진실을 가장하지만 그 진실의 실체는 주워 담을 수 없다 귀가 문드러지고 형체가 사라진 채 울고 있다면

착란의 순간이다 너무 광활하고 고요해서 울음소리를 듣지 못한 채 백사장은 펼쳐져 있다 빛에 매혹되어 공중에 스며든 파도가 바다 귀를 쓰다듬으며 어느 모래 변의 귓가에 물방울을 떨어뜨려 준다

파도가 공중으로 떠올라 먼 초원으로 달려간다 그 코

끼리는 태양의 빛을 온몸에 감고 검은 진실을 온몸에 장전한 채 걸어온다

바다의 해저 속에서 당신에게로 가고 있는 코끼리 바다의 표면으로 떠올랐다가 수중으로 잠겨 버리는 코끼리

그 코끼리의 울음을 파도 소리라 이름 붙여 준다 혹은 태양의 흑점이라고 나는 오늘도 당신에게 매혹된 채로 울지도 못하는 입을 크게 벌려 그 소리를 내 귓속으로 흘려보낸다 어쩌다 파도가 밀려와 눈을 적시면 두 눈이 아프고 바다의 입속에 빠지면 그것이 서러워 내 귓속을 한동안 응시

나무의 이중주

나무와 눈맞춤하며 돌아다니기를 즐겼다 나무는 가지를 떠받치느라 잎사귀에 파란 힘줄이 자라고, 구름이 지나간 자리에는 어떤 흔적도 없다 오랜 시간이 지나면 잊힐 거라는 예언 따위의 찻잔 속에서 우산이 자란다 우산을 펴면 폭우가 내릴 거 같아

우산을 펴지 못한다

나뭇가지는 기쁘고 잎사귀는 슬프고

내 귀에서는 두 종류의 음악이 흘러 다닌다

나뭇잎이 떠내려가는 시냇물 소리

나무와 나무 사이를 스쳐 지나가는 열차의 기적 소리

가느다란 귀의 터널 안에서 여름의 나뭇가지와 겨울의 나뭇가지가 공존한다

눈사람과 폭우는 같은 방향의 체위를 사랑할까

수직 낙하하는 선율과 둥둥 떠다니는 선율

분명히 음악은 아닌데 음악처럼 너의 목소리가 귓속에서 윙윙거린다

너의 목소리는 구름으로 흘러가다 별과 부딪힌다

그것은 바람의 음악이거나 흔들리는 꽃의 전설 같은

것이어서 꼭 안아 줄 수가 없었다

구름의 시

내가 당신과 함께 구름 속에 들어가 팥빙수를 먹는 어느 봄날의 창공 위였던 것 같다

나는 그날 구름이었다

당신을 만나러 가다가 구름을 만났고 구름을 데리고 당신을 만나러 갔다

구름은 형체가 없고 마음이 자유로워서 마음에 들었다

구름의 속성이란 그런 것이다

영혼과 상상을 구별할 필요가 없는 것

어느 쪽에도 속해 있을 필요가 없는 것

기체를 향해 유한의 생각을 벗는 것

그런 날이 우리에게도 있었다 나의 텅 빈 영혼 속에 당신이 구름을 채색해 주던 날

구름은 어떻게 영혼을 입을 생각을 못 하는 건지

나는 구름의 질감을 격렬하게 느껴 보았다

드디어 구름의 상영 시간이 끝나고 집으로 돌아오는 시간

우리는 구름이었다는 사실을 기억하지 않기로 했다

그때부터 다시 액체의 시간을 살아야 한다는 것

누구도 알 수 없는 곳에서 우리가 다시 태어나고 있다는 것
그것이 결코 나쁜 것만은 아니라는 사실에 우리는 안도했다
액체 안에 담겨 하루 이틀 사흘
내가 상상할 수 없는 곳에서
당신이 점점 아름다워진다는 것
우리는 언제나 무한한 구름을 사랑했다
무한한 태양에 휩싸인 구름
활활 타올라
잿빛 하늘을 날아다니는 구름
여기 한 병의 액체 속에
내가 가만히 걸어가고 있다는 것
멀리 당신이 흘러가고 있다는 것
구름에 가린 태양이 흐릿하게 빛나고 있다는 것
구름이 녹아 한 잔의 액체
구름이 잠들어 한 잔의 액체

부력의 기쁨

편지가 왔는데 내가 물 위에 둥둥 떠다닌다는 내용이었다
나는 방 안 침대에 누워 구름을 생각하고 있을 뿐이었는데
바다에서도 강가에서도 하물며 도시의 어느 도로에서도 내가 발견된다는 글이었다
내가 어디서든 발견된다니
그건 불가능에 가까운 일이었는데 불가능한 일이라서 나는 다시 한 번 귀를 기울였다
허공 위를 걸어 다니는 일은 어려운 일이죠 그러나 아주 불가능한 일은 아닙니다 눈을 감고 떠오르면 됩니다
공중에도 길이 있어요 편지의 내용은 길고 나는 눈이 아파서
오래 읽을 수가 없고 밖에 나가 그 사실을 다 확인할 수도 없고
편지의 내용을 다시 한 번 읽는 것으로 나를 확인한다
침대 위에서 나는 귀가 길어지고 눈이 더 작아지고
바닷속이거나 깊은 강물 속을 흘러 다니는 꿈이었다

그러다 어느 날 높이 떠오를 수 있었는데

그때 아마, 나의 날개가 부서졌는지도 모른다 나의 얼굴을 상상하느라 내가 사라지는 줄도 모르고

버스와 택시 사이에서 내가 종종걸음으로 걸어가고 있다는 내용과 택시와 지하철을 같은 시간에 타고 이동한다는 내용, 나는 안전하게 당신이 있는 곳으로 날아갈 수 있습니다 그런 내용도 있고

나의 좁은 인중이 흔들리고 있어요

생각과 신념을 잃어버린 개체가 얼마나 가볍겠어요

라는 글귀도 있고

너의 집 앞이었는데 너는 그것을 나의 집 앞이라고 적는다

좀 더 새로워지고 싶어 너는 다른 생각 앞에서 서성거리고

가볍게 흘러 다니며 내게 편지를 보낸다

떠오를 수 없다는 생각은 좀 더 깊어지는 생각인 것입니다

비 오던 날을 기억하십니까 이런 질문도 있고

흰 구름이 창문을 열고 눈앞에 도착한 오후였다
죽은 태양의 슬픔이 나를 즉사시키려 하자
나는 물속 깊이 가라앉았다 네가 보낸 편지 속 글씨들은 물속을 흘러 다니고
나는 슬픔이 어떤 속성이었는지 도무지 생각나지 않고

II

장미의 팔을 잘라먹는다는 소문이었다

장미 이후의 산책

이 길은 너무 익숙해서 장미들이 내 눈 속으로 소풍을 온다
장미들이 소풍을 가면 어떤 기분으로 바람을 흔드나
그렇게 질문을 한 것은 당신이었는데, 나는 이상하게 그런 말을 기억하지 못하는 빙수처럼
온몸이 흩어져서 사각사각 눈 위를 걷고 있었다
눈사람 속에서는 당신과 내가 참 다정하게 느껴졌는데,
그것은 아주 오랜 후의 만남처럼 자동차가 눈 위를 날아다니는 상상 같은 것이어서
철없고 천진한 웃음이라서
장미와 장미 사이의 빈 공간 속에 넣어 두기로 한다
이 장미 꽃잎은 미래를 닮은 손가락을 나뭇가지에 걸어 둔다
손가락과 손가락이 연결된 그림은 파도 소리처럼 시원해서
나는 바닷속에 장미 물결을 넣어 두기로 했는데
그것은 이색적인 풍경이어서 가끔 꿈속에서나 조우할 뿐이었다

장미 이후의 삶을 상상해 본 적이 있나요?

그것은 장미들이 소풍을 와서 떠들어대던 음악 소리였는데

내 귀가 자꾸만 흘러내려 장미의 팔들을 잘라먹는다는 소문이었다

장미를 참 좋아하던 사람이 있었는데

장미 이후의 삶은 어떤 패턴의 셔츠를 입고 책상 위에 앉아 있을까

그렇게 장미들이 저 먼 곳의 정원에서 속삭이고 있었는데

나는 눈사람 속에서

사각사각 빙수로 만든 벽을 더듬으며 익숙하고 침침한 골목길을 걸어

장미들이 먼저 도착했던 여름날의 한 페이지를 떠올리고 있었다

내가 장미였다는 듯

당신은 왼손을 오른쪽 이마에 붙이고 먼 곳을

바라보고 있었는데 바닷속이라면 장미 꽃잎처럼 웃어

줄 수도 있을 텐데
　눈사람 바깥이라면 빙수처럼 당신 그릇 속에 녹아내릴 수도 있을 텐데
　먼 곳의 붉은 장미가 견고한 철조망의 모습으로 늙어갈 때
　나는 장미 이후의 삶을 상상해 보지 않은 어린아이처럼
　장미 이전의 삶을 기억하지 못하는 늙은 장미의 가시줄기처럼
　잘린 손으로 한 잎씩 벙그는 꽃잎을 그리듯이 그러한 기분으로
　낯설고 익숙하지 않은 이 길을 걸어가리라

심장의 여행

내가 나를 사랑하는 계절엔 나뭇잎이 무심결에 허공을 응시한다 꿈에서 나의 심장을 만났다는 생각, 새벽까지 그 꿈이 이어진다는 생각, 갑자기 꿈에서 당신이 내 옆을 스쳐갔는데, 깊은 어둠 속이어서 당신의 얼굴이 생각나지 않는다는 기분, 내가 높은 곳에서 떨어지는 꿈을 꾼 날은 심장의 슬픔을 대신해서 나의 눈이 오물거린다는 생각 나를 바라보는 사람과 내가 바라보는 사람 사이에서 나뭇잎이 떨어지고 그렇게 내가 나의 입속으로 스며든다는 생각, 나를 바라보는 사람의 눈동자 위로 가볍게 스며든다는 생각 날아가는 허공 위로 내가 슬며시 떠오른다는 생각 수평으로 흩날리다가 드디어 저기 지나가는 사람의 뒤통수를 쓰다듬는다는 생각 조용한 나의 생각이 하늘의 귓가에 젖어서 내가 하염없이 행복해진다는 생각 비스듬한 내가 어딘가로 날아가고 있다는 생각 당신이 나를 믿는데도 왜 나는 자꾸 믿음을 수집하는가 질문을 던진다는 생각 기쁨이 사라진 뒤부터 내 안에는 검은 태양이 자라고 그 말들이 심장에서 반란을 일으키고 있다는 생각 그렇게 나를 이해할 수 있는 자세 안에서만 당신을 이해할 수 있다 나뭇잎 하나를 주워 들고 떨어진 나무의 귀에 대본다 내가 구름의 한 모퉁이에서 떨어졌다는 생각, 거리의 사람들과 인사를 나누다 황급히 나의 심장을 들여다본다 쏟아지는 빗줄기와 검은 태양 사이에서 경련을 일으키는 심장 속의 말, 나뭇잎이 나무에서 떨어지려고 바들바들 떨고 있다 내가 심장을 움켜쥐자 나뭇잎이 지나가는 사람의 눈 속으로 떨어졌네 당신이 꿈에서 나를 호명하자 내가 나의 꿈속으로 사라집니다 나뭇잎이 스르르 세상을 향해 날아가는 세계에서 내가 빗줄기와 겹치는 순간 날카로운 바람이 플래카드를 팔랑거렸다 내가 나의 아주 가까운 곳에서 심장의 여행을 꿈꾸던 순간

장미의 전설

가시를 삼켰습니다 내 몸의 가시가 이토록 많은지 가시를 삼키면서 알았습니다 내 목의 가시가 당신 목의 가시를 삼키는 것처럼 아파서 목이 따끔거렸습니다 내 몸의 가시를 당신 정원에 옮겨 심던 그해 여름이었습니다

내 몸의 가시가 다시 장미꽃을 피우는 담장을 이룬 건 가시의 통증이 터지는 유월이었습니다 붉어서 차마 삼키지 못했던 당신 가시의 꽃나무들이 내 몸에 피어났습니다 내 몸의 정원에 핀 꽃이 줄지어 당신 정원의 담장까지 내달리는 꿈을 꾸었습니다 그곳에서 소년이 장미 꽃잎과 눈인사를 나누는 것을 보았습니다 소년은 아름답고 장미 꽃잎은 흐드러져서 지나가다 멈춘 동네 사람들의 소곤대는 눈빛이 가지에 걸려 있었습니다

소년의 손은 장미 꽃잎처럼 작고 맑아서 장미 가시를 손으로 쥐어도 피가 나지 않았습니다 소년의 눈망울이 장미 꽃잎의 눈에 못 박혀 한동안 꼼짝도 하지 않는 정원이었습니다 어디부터 따라왔는지 모를 소년의 두근거

리는 심장이 장미꽃으로 피어난 건 그 이듬해였습니다 그 심장 한켠이 탐스러워 당신은 며칠 밤잠을 설쳤습니다 소년의 심장을 따서 당신 심장에 집어넣고 꼭 보듬어 주고 싶은 밤이었습니다 소년의 심장은 맑고 아름다워 피를 흘려도 계속 피어나는 정원이었습니다

당신과 나의 담장 사이사이에 아리따운 눈들이 드나들기 시작했습니다 장미 꽃잎들이 우거져 가시가 보이지 않는 거대한 숲속에 소년들이 모여들기 시작했습니다 장미의 향기에 취한 소년의 가시들이 죄다 높다란 철조망으로 자라기 시작했습니다

가시를 삼켰습니다 내 몸에서 당신 몸까지 줄지어 선 장미 숲속에서 소년들의 합창이 들려오기 시작했습니다

목련의 詩

1.

몇 잎의 생을 다해 휘어졌다 한 사람이 나무 안에 살고 있었다 천 개의 눈을 뜨고 흰 꽃이 공기를 나누어 갖는 저녁엔 꽃들이 입술을 밀어 올렸다 그것은 그와 그녀가 나누는 사랑처럼 위독해 보였다 어떤 위로는 진실과 닮았으므로 목소리는 나무 밖으로 나오지 못했다 몇 잎의 사랑이었다고 꽃잎이 필 때 나무 안의 목련이 웃고 있었다

2.

그곳은 나뭇가지의 흐느낌이 피어나는 곳, 매일 가보는 목련 숲, 나뭇가지가 수천 개쯤 달린 공기들이 손과 발을 교환하는 곳, 내부가 차갑게 굳은 혀들이 똬리를 트는 곳, 사랑해 사랑해 들려오는 환청이 꽃잎으로 피어오르는 곳이다

그와 그녀가 헤어진 골목 밖으로 목련이 지고 있었다 사랑하던 그 사람의 갈비뼈에 음각된 천 개의 나뭇가지,

나무의 표피 속엔 알 수 없는 침묵들이 서로의 생각을 나누어 갖고, 어디에도 마음 붙일 수 없는 몇 잎의 고독이 책이 되어 가고 있었다 딱딱하게 굳은 책의 심장 속에 따스한 햇살이 놀러 오는 봄날 당신이 목련 꽃잎으로 지고 있었다

물고기처럼

소라와 바닷게가 움직이는 바닷가, 생각보다 잘 어울리는 비릿한 맛의 푸른색과 흰색의 물결들, 나는 물을 음미하듯 책장을 넘긴다 목이 마른 듯이, 너는 내 옆에 서서, 나를 슬퍼하듯이 나의 물결을 쓰다듬고 나의 겨울을 생각하고

이마를 맞대 본다 푸른 주름이 가득한 오후의 구름들, 우리를 들여다본다 깊은 곳의 느낌과 바꿔 신은 물결, 적극적으로 달려갔다 되돌아온다 물결을 좋아하는 우리는 구름의 부력으로 떠오르고, 가라앉지 않기 위해 두 손을 맞잡고, 비릿한 물결 냄새가 가득 찬다

내 슬픔을 위해서라면 너는 눈사람을 녹여 바다의 음식을 만들고, 우리는 물결처럼 밀려갔다가 다시 밀려오고, 여름의 바닷가는 복잡한데 마음에 드는 물결을 골라 지느러미를 흔들어 본다

다 사용한 바다는 어항에 가두듯 책장에 가둔다 태양의 빛이 좋아서 따라온 물결 자국들 나뭇잎으로 반짝이고

이런 이런, 빛이 흘러넘치고 있군 어항 속에서 두 마리의 물고기가 뻐끔뻐끔, 푸른 바닷가, 구름들이 떨며

흘러가고 책장은 고딕식 건물처럼 우리의 깊고 푸른 물결을 들여다본다

독감

폭설 안에 감기 기운이 앉아 있다 감기 기운이 기차를 타고 너에게 가고 있다 너는 감기 기운을 기다리고 있다 너는 감기 기운의 머리를 만져 보고 있다 너는 감기 기운의 눈동자를 살피고 있다 너는 감기 기운의 단어들을 낱낱이 파헤쳐 보고 있다 감기 기운의 문장들을 해부하고 있다 너는 감기 기운의 원인들을 재구성해서 처방전을 건네주고 있다 감기 기운의 원인이 너라는 것을 너는 모르고 있다 너는 감기 기운의 결과를 진단하고 있다 너는 이방인들과 소곤거리고 있다 너의 외국어는 낯설고 익숙하지 않아 나는 너의 말을 알아듣지 못한다 너는 파도의 문장에 번진 감기 기운을 치료하고 있다 너는 감기 기운의 위험을 중요하게 여기지 않고 있다 너는 눈송이들의 감기 기운을 좋아한다 너는 감기 기운의 웃음을 특히 좋아한다 너는 감기 기운의 시를 쓰고 있다 너는 바다의 목소리로 기침 소리를 내고 있다 너는 감기 기운에 전염된 처방전을 내게 내밀고 있다 나는 감기 기운의 목소리를 알아듣지 못한다 감기 기운의 목소리는 상상할 수 없어 콜록거린다 감기 기운의 기침 소리가 기차의 좌석에 앉아 집으로 돌아오고 있다 너는 아직 폭설 안에 앉아 있다 너는 감기 기운에 전염되었다 너는 폭설 안에서 감기 기운을 치료하고 있다 너는 폭설을 끓여 차를 마시고 있다 너는 감기 기운을 치료할 생각에 감기를 앓고 있다 너는 감기 기운과 동거하고 있다 감기 기운의 기침 소리가 저녁 내내 끊이지 않았다 더운 바다를 지나 집으로 돌아왔다 나는 감기 기운의 기침 소리를 이불 안에 넣고 푹 잤다 기침 소리는 밤새 집 안을 떠나지 않았다 나는 아직 감기를 앓고 있다 감기 기운의 눈송이가 밤새 쏟아지고 있었다 창밖에 네가 서 있었다 눈이 왔다 겨우내 기침 소리가 멈추지 않았다

어떤 사과의 여행

내가 너의 악보를 건드리자 너는 화들짝 꽃을 피운다
나의 얼굴이 날아오른다 사십 개의 건반과 달리는 손
너의 전력적인 질주가 방안 가득 퍼진다
나의 손가락을 대신해서 너는 사과 꽃이 된다
사과 꽃을 열고 들어가 방금 따 먹은
사과의 향긋한 과육이 된다
하고 싶은 것을 이루고 싶은
뒤따라 온 소년의 발자국처럼 방안에 향기가 넘친다
이런 사과 꽃에서는 나뭇가지가
저 먼 곳의 하늘까지 자라나는 그림이 어울리지
너의 방에서 자라는 사과나무처럼
그 사과나무의 방금 열린 사과 한 알처럼
나는 너의 눈망울에 맺히고
나의 입술이 너의 귀에 붙어 이거는 무슨 그림이야?
네가 건반을 누를 때마다
나의 몸에서 사과들이 날아오른다
네 몸에서 나는 향긋한 냄새
꼭 엄마 냄새 같아 너는 중얼거린다

사과의 품속에서 나는 새로 태어나고
새로 태어나는 사과의 많은 손가락이 되고
사과의 바구니에 담긴 즐거운 여행
나의 웃음소리로 너의 손가락은 방안을 날아다니고
너는 갸우뚱하고
그래도 계속 건반을 연주하는 너의 손가락은 자꾸만 불어나
네가 나 몰래 심은 사과 한 알이
이렇게 많은 사과들을 열리게 한 거니?
질문할 틈도 없이 너의 손가락은
사과 한 알 한 알을 타건하며 날아다닌다
창문 밖으로 던진 사과 껍질이
천장 위에 매달려 노을을 채색한다
도대체 너의 손가락은 어디에서 불어나
이렇게 많은 사과들을 방안 가득 뿌려 놓은 건지
그건 꼭 네가 어린 소년에게서 빌려온 초승달처럼
두 팔 벌리고 자라는 사과나무 그늘에서 꺼낸 선물처럼
너의 손가락에서 꺼낸 아름다운 피아노 소리
한 번은 꼭 만나고 싶었던 어떤 그림의 창문처럼

심장 속의 태양

그가 태양을 흉내 내며 웃었다 들판이 있다면 얼마나 멀까요 바다가 있다면 본 적이 있나요 잊을 수 없는 질문을 만들고 싶어 여자는 종이 위에 시를 적었다 하얀 종이 위의 감정은 바닷속의 느낌만큼 깊고 넓은 품이었다

여자가 상상하는 바닷속은 푸름 넓음 고요함 같은 추상적인 세계 한 번도 만나본 적 없는 깊고 깊은 상상의 세계 태어나자마자 먹이가 되는 서슬 퍼런 먹이 사슬의 세계이다 그는 입가의 미소를 훔치며 물을 마셨다 한 잔의 컵 속에 들어 있는 물의 다양한 기포들, 심장에 가둔 말처럼 흘러나오지 않았다

푸른 바다 위에 떨어뜨린 몇 마리의 물고기처럼 다시 태어날 아침의 기운들 태양은 다시 떠오르니까 여자는 심장을 열고 차곡차곡 그의 웃음을 담았다 그는 열 시 반 열차를 타고 그가 떠나온 우주의 정류장을 향해 기체의 표정으로 떠나갔다

여자가 태양을 흉내 내며 붉어지고 있다 한 손으로 심장의 기운을 쓸어내리며 화병 속의 꽃을 꺼내 쓰레기봉투에 넣는다 심장 속엔 아침마다 태양이 뜨고 그 태양

은 온종일 여자를 환하게 비춰 주었다 태양까지의 거리는 얼마나 먼가요 심장 속에서 태양이 꿈틀거려요 잊히지 않는 질문을 만들고 싶어 여자는 컵의 눈동자로 흔들렸다

검은 커튼이 내려지는 시간, 책 속에서 태양이 타오르고 있다 여자는 심장을 꺼내 들고 책 속으로 뛰어가고 있다 책에서 흘러나온 태양은 여자의 볼에 조금씩 자라고 있다

달을 위한 소나타

1.

우리는 달의 음악을 듣기 위해 물속으로 들어갔다 그 음표 하나하나의 이파리에 사람들이 있었다 달의 음악은 아름다운데 물속에서 사람들의 얼굴은 무표정했다 달은 물방울로 달의 감각을 연주했다 그것은 아마, 달의 상처였을까 지구에서 떨어져 나간 상처가 부른 한밤의 음악회였는지도 달의 눈에서는 흰 손이 흘러나와 비브라토를 연주했다 물의 아이들이 해변을 걸어 다녀도 사람들은 웃을 줄 모르고 새카만 어둠이 나무처럼 치솟았다 물의 손으로 달을 연주할 수는 없나요 그렇게 질문한 것은 한 어린아이였는데 내가 꿈에서 주워다 기른 아이였다 다만 달의 손으로 물의 음악을 연주하고 싶은가 봐요 그렇게 말한 것은 바람이었는데 나는 달과 물의 온화한 음악을 귓속에 담고 길고 긴 오솔길을 걸어 집으로 돌아왔다

2.

달을 향해 달려가다가 달의 빛을 사랑하게 되었습니

다 오래전 죽은 달의 뒷면에는 내 얼굴이 흉측하게 음각되어 있었습니다 스스로를 사랑하기 위해 숨죽여 살았던 몇 년의 세월이 길가의 나무들에게 파란 머리를 달아 주고 있었습니다 사방에서 무성한 나무들이 거침없이 솟아올랐습니다 내 얼굴의 흉터를 가져간 달의 얼굴은 하루도 마음 편한 날이 없었을 겁니다 달의 깨진 틈으로 나무들이 우수수 떨어졌습니다 그 속에서 나는 오래전 당신에게 달려가던 얼굴 하나를 발견했습니다 눈과 코와 입이 지워진 얼굴에는 어떤 그리움도 없는 평온한 얼굴이었습니다 당신에게 얼굴을 그려 달라 해야겠어요 당신을 사모하는 얼굴 말고 나를 사랑해서 스스로 빛나는 나무의 이파리 같은 얼굴은 어떻겠습니까

조금만 더

조금만 더 앉아 있기로 합니다 시간이 좀 지났나 봐요 바지에 모래가 묻었군요 여기 의자는 어떤가요 하얀 벤치, 우리 오랜만이지 않나요 이렇게 둘이 밤하늘의 별을 바라보는 거, 별을 두 손으로 받아 보는 거 손안에 든 별을 꺼내 그 안의 빛들을 들여다보는 거 사랑스러워요 우리를 겹겹이 싸고 있는 온화한 밤의 무늬, 그중 하나의 빛을 꺼내 봐요 하나의 빛을 꺼내 그 빛을 베고 누워 봐요 그 빛이 머리 밑에서 어떻게 발효되는지 그 빛의 질감을 느껴 봐요 머릿속에서는 빛이 가득하고 당신을 담은 음악이 흘러나오고 나는 그 음악을 들으며 별을 생각하죠 알 것 같기도 하고 모를 거 같기도 하고 옆에 있는 거 같기고 하고 옆에 없는 거 같기도 한 보이지 않는 것 같기도 하고 눈앞에 와서 아른거리는 거 같기도 한 당신의 실체를 생각하죠

모래알을 만져 보아요 까끌까끌하군요 나무 그림자가 물끄러미 우리 옆에 누워 있어요 사랑해요 이런 말 처음 하는데 노래에서 배운 거예요 당신은 노래하는 걸 좋아했죠 음표 안에 나를 담고 거리를 걷는 거 그 쉼표 안에

나를 넣고 의자에 앉아 있는 거 그 안에 나를 넣고 오래 들여다보는 거 흥얼흥얼 그렇게 당신은 노래했죠

기쁨의 빛 하나 슬픔의 빛 하나 두 줄기의 빛으로 새끼를 꼬아 줄을 만들고 그 안에서 우리가 팔짝팔짝 뛰었던 거 아름답지만 자주 줄에 걸려 넘어졌던 거

조금만 이렇게 누워 있기로 합니다 밤하늘의 별들이 아름다워요 언젠가 내가 쏘아 올린 빛이 당신의 머릿속으로 무한정 달려가는 꿈

시간은 지나고 점점 지나가고 얼마 남지 않았군요 사랑할 날이 나를 기억해 줄 날이

모래알을 느껴 봐요 까끌까끌하고 매끄럽고 고독해요 내 안에 와 스몄지만 빠져나가는 빛 한 줄기 캄캄한 밤하늘, 눈 감고 코 막고 느껴 보는 느껴 보려는 별에 대한 감각 이렇게 한 방울 눈물이

남애리 바닷가

너의 나뭇가지가 내 심장에서 자란다 파란 나뭇잎 같은 네 손이 내 심장을 감싸 안고 내 몸을 돌아다닌다 푸르고 깊은 바닷가 굽이치는 해안선을 따라 걷는 오후다 해안선의 모래 위를 걸으며 너는 말한다 사랑해, 이런 기분은 푸른 하늘과 잘 어울리고 넓게 펼쳐져 있는 모래 위의 발자국과 잘 어울려 너의 발자국을 따라 걸으며, 이건 카시오페이아 별자리 이건 너의 발자국 이건 너의 심장 이렇게 중얼거리면 파도는 저 멀리 보이는 인적 드문 마을을 향해 달려간다 다시 돌아온 파도가 눈앞에서 우리를 덮친다 푸른 물결 속이라면 두 손을 마주잡고 함께 유영할 수도 있을 텐데 깊고 깊은 바닷속이라면 하나의 물고기처럼 해초 사이를 여행할 수도 있을 텐데 모래는 반짝이고 하늘은 높고 푸른빛이 청량하다 넓은 우주에서 내려온 것 같은 수평선 끝에서 달려오는 별의 환청이 내 귓속으로 흘러내린다 너의 손이 내 귀에서 쏟아지는 모래를 받아 모래성을 쌓는 오후다 깊은 바닷속이라면 나의 입술을 너의 귀에 붙이고 조가비처럼 살아갈 수도 있을 텐데 너는 아름답고 나는 행복하고 너의 나뭇가

지가 나의 모래 속에서 솟아오른다 너의 나뭇가지의 커다란 나무 위에서 나는 새처럼 훨훨 날아다닌다

장미 그리고 여행

누군가 나에게 장미의 편지를 보내왔다
내 손을 잡고 싶다는 정언 명령
내 손엔 먹다 남은 네모난 식빵
식빵 위에 곰팡이로 쓴 빼곡한 문장
이를테면 나의 손은 항상 너의 귓바퀴를 만지고 있었다
계속해서 너의 동네를 만지작거렸다
빌어먹을, 너는 열두 처녀와 꽃잎을 교환하며
내 편지 따위 아랑곳 않고 여행을 떠났다
갓 지은 문장이 여기 이렇게 피어나는데
나를 꿰뚫어 보는 태양의 눈빛
나는 가시가 많아 내가 버겁다
그쪽을 향해 조금씩 늘어나는 그늘
그늘 속에서 당신만을 응시하는 그늘
이렇게 많은 노래를 뿌리에 감추고
난간에서 움츠려 있어야 하는가
지금까지 나는 너의 입속에서 너의 이빨처럼 웃었다
갓 지은 웃음으로 너의 얼굴에 솜털처럼 붙어 있었다
나는 나의 가시를 증오했다

하나뿐인 이름 장미 그리고 여행
너는 열두 처녀와 번민을 교환했다
사랑 그리고 이별, 번뇌 그리고 살인
마지막 처녀의 귀를 잘라서
나는 내 줄기에 끼워 넣는다
무성하고 아름답고 속절없어라
그녀의 입술에서 피어오르는 옅은 진분홍 웃음을
꺾어 내동댕이치며 나는 노래 부른다
비참하고 참혹하고 아름다워라
그쪽을 향해 걸어가지 마라
지독한 슬픔이 번식된 그늘이 너의 뿌리를 갉아먹는다
나는 나의 슬픔을 신뢰했다
하나뿐인 고독, 따스한 양지쪽에 두 발을 묻고
아침저녁으로 절규하는 긴 나뭇가지
울음아, 피어라 열두 처녀의 꽃을 먹고 열두 개의 얼굴이 되어 나를 보아라
열두 개의 얼굴을 가진 여자와
하루에 한 번씩 얼굴을 바꿔 가며 세계를 읽어라

빨강 핸드백의 지문을 닦으며
검은 장화 속의 긴 강물을 읽으며
초록 손가락의 끝없는 대지 위에서
파랑 모자의 애인을 만나고
주홍 선글라스의 창문을 바라보며
하얀 벤치와 깊고 깊은 절망에 빠져라
노랑 이빨의 외로운 집
보라 밥상의 날아다니는 고독
분홍 돼지의 향긋한 귀 냄새
자주 흙과의 끝나지 않는 시체 놀이
회색 도시의 지하방에서
청색 지붕의 은밀한 밀서를 가져와라
갓 지은 문장을 향해 경배하는 눈매가 아름다운 남자에게
오늘밤 향기로운 눈썹을 선물해 줄 것
사랑하는 이의 눈썹에선 무지개가 피어오를 것이다
모락모락 김 올리는 장미 꽃잎 문신
지극히 사랑하는 남자의 시체를 신고

지중해로 홍해로 그리고 여기 한강의 꽃에게로
장미 그리고 여행
그의 이름을 훌훌 털어 버릴 것
그러니, 이쪽을 향해서 한 번만, 딱 한 번만
두 눈을 감아다오
이쪽을 향해서 한 번만 고개를 돌려다오
갓 지은 꽃잎으로 활활 타오르는 열두 처녀의 눈동자로 너를 응시하는
뻗어 가는 덩굴장미의 발칙하고 싱그러운 독백을

첫눈 오는 날의 몽상

1.

내 몸에 살고 있는 책의 갈피를 넘겨 보았다 갈피마다 묻어 있는 빨간 단풍잎, 가을의 손가락을 닮아서 들여다보았다 파란 잎을 보냈는데 붉은 태양의 손가락을 닮은 뒷면을 보내왔다 사랑한다는 표상? 바람이 부는 날은 붉은 포도주가 어울리겠어요 농담이 진담보다 더 잘 어울리는 사람 구름이 흩어지는 허공 위로 날아가고 싶은 사람이라고 그러니까 단풍의 실체는 없고 단풍의 속성을 닮은 나무의 근원을 사랑하고 있는 사람이다 당신은, 와인 잔에 자신의 목을 따서 그 피를 담아 마시고 싶은 사람이라고 그 피의 흔적으로 책을 붉게 물들이고 싶은 사람이라고 의자에 앉아서 진지한 표정으로 책을 읽는데 가슴께에서 단풍잎이 바스락거렸다 이리저리 돌아다니며 무언가를 줍고 있는 손, 몇 해 전에 떨어뜨리고 간 파란 꿈들이 붉게 물든 문장이겠지 계절이 몇 번 바뀌도록 내 몸에서 줍고 있는 건 무엇? 눈이 내린다면 단풍잎 발자국을 찍으며 당신의 나라에 가리라 겨울이고 눈은 오지 않았다 가을은 내 몸 안을 걸으며 붉은 잎의 추억

을 줍고 있었다 겨우 내내 갈비뼈에서 단풍잎이 바스락거렸다 첫눈 오면 나는 첫 발자국을 찍으리라고

2.

첫눈 오는 날 누가 문밖에 서 있는지, 유리창의 표피가 얇게 흐른다 창문이 흘러내리고 벽의 뺨에서 가끔 햇살이 놀다 가네 날개가 있다면 새의 느낌으로 지붕을 펄럭일 텐데

고도가 낮아지는 추운 계절 벽의 지붕은 둥둥 떠다니는 집을 떠올렸을지도 눈 내리는 공중에는 숨이 멎은 하늘과 바람과 눈발이 날아다니네 눈 내리는 들판 밤새 걸어 다니는 신발 하나 깊숙하게 발목이 빠져 돌아오지 못하는 신발 하나 가느다란 햇살 밑에 웅송그리고 앉아 젖은 생각을 말리는 신발 하나 몸이 펄펄 끓어 눈사람은 깨끗하다 벽의 뺨에 12월의 달력이 고요하고 마루 위엔 가느다란 햇살이 기어 다니네 이 잠은 이 생에서는 더 없을 행복한 몽상 첫눈 오는 날 낡은 외투를 꺼내 입고

날개도 없이 날아가는 어떤 창문을 생각하네

3.

첫눈 오는 날이다 아주 오래전 우린 이 컵에 수북이 담겨 있었다 수북한 눈송이를 너는 나의 영혼이라 말했고 나는 너의 눈송이라 말했지 머리카락이 이렇게 탐스러우면 지붕들이 놀러올 텐데 지붕 안에서 새들이 밤새 지저귈 텐데 걱정을 한 것은 쌓이는 눈발이었는데 죽은 구름을 불러와 문자를 주고받고 있는 무덤 하나가 천사처럼 눈발 속을 떠다닌다 그들은 사랑하는 사이였죠 죽은 구름의 혼과 죽은 바다의 혼이 미친 듯 공중 위를 떠다니는 겨울밤 나는 파르르 떨며 눈송이를 만져 보았다 눈송이 속에서 깊게 흐르는 깊은 강, 그 위를 걸어 보았다 당신은 성공한 예술가처럼 서재에 꽂혀 있었고 파리한 수염을 만지며 거실의 소파 위에 앉아 있었고

열차를 타고 추억 속으로 여행 가는 날이다 창밖에는 눈발이 휘날리고 내게 음악 하나를 떠올리게 하는 눈송

이들, 고요한 음악을 껴입은 바람이 눈송이 밖을 빠져나와 나의 볼을 만져 보네 내 조그만 손에 쥐어진 차가운 바람을 재미있는 바람이라고 나에게 보낸 너의 무한한 눈송이라고

날마다, 장미

내 가슴속 장미가 자라기 시작했네 눈 안에서 봉긋 솟아나온 장미 매일 솟아오르는 붉고 향기로운 장미 아침에도 장미가 팔 위에서 솟아올랐는데 나는 장미 꽃잎을 따서 눈 안에 다시 넣었네 저녁에는 발끝에서 꽃잎이 자라 걸을 수 없는 날이 많아졌네 겨울인데 장미가 피었어 네가 알아보지는 못하는 꽃 내가 그 꽃을 꺾어 저기 지나가는 사람의 등뒤에다 버렸는데 이제 지나가는 사람 등뒤에도 장미가 피겠군 장미를 좋아한다고 말한 적 없는 꽃 입술만 붉게 타올라 지나가는 사람의 등만 하염없이 바라보는 꽃 장미가 피겠군 오월이나 유월의 허리 위에 저기 신작로를 걸어가서 유리창 안에 앉은 사람의 두 눈에서 어린 여자아이의 어조로 손끝에서 발끝에서 계속 자라겠군 그런데 장미는 어디에서 매일 솟아오르나 가슴속에 장미꽃밭이 있다 했는데 장미들은 전부 눈물을 먹고 붉은 혀를 토하나 네가 내 가슴속에 심은 눈물 그러나 이제 자신의 얼굴조차 잊어버려 스스로 눈물이 되려 하는 꽃 그러나 근원은 장미였다는 거 아침에도 꽃잎이 발밑에 떨어져 있어 책 속에 끼워

넣고 토닥토닥 두들겨 주었네 한 잎 두 잎 피어나는 날마다 장미

질주하는 계절

무조건 달렸습니다 가로수가 늘어서 있는 쪽으로 달려가다가 폭우를 만났습니다 따뜻했습니다 오랜만의 기쁨처럼 온 동네가 깨끗하게 씻겨 나가고 있었습니다 이런 기쁨을 당신이라고 명명해도 되나요 나를 슬픔이라고 이름 지어야겠어요 장미꽃이 늘어서 있는 펜스를 지나 끝이 없을 거 같은 길을 우리는 달려갔습니다 모자의 비명이 떨어졌습니다 아뿔싸 운동화의 리듬이 이렇게 경쾌해도 되는 겁니까

페달이 조그마한 목선 같습니다 우리를 태우고 지구를 돌고 있다는군요 이런 기쁨은 누가 우리에게 준 것입니까 지구와 같은 커다란 배를 돌리는 것이 가능합니까 꼼짝도 안 합니다 이럴 때 우리는 무엇을 해야 합니까

가다가 멈추고 가다가 멈추고

이렇게 계속 기다릴 수밖에 없는 건가요

잠시 쉬어 가기로 합니다

꽃집은 프리지어를 좌판에 펼쳐 놓고 바람을 흥정합니다

저기 우리가 아껴 먹었던 별사탕이 있네요

별사탕 안으로 들어가 봅니다 달콤해요 폭우는 계속 쏟아지고요 우리는 이 안에서 잠시 눈을 감고 있기로 합니다 눈동자와 눈동자를 마주보고 심장의 고동을 느껴 보기로 해요 심장이 뛰어요 처음이군요 이렇게 밀폐된 공간에서 사랑의 감정을 느껴 보는 게

소나기가 쏟아지고요 자전거는 잠시 옆에 세워 두고요 별사탕은 무더기무더기 아름답고요

우리는 별사탕 속에서 밤을 지새우기로 합니다 하루 이틀 사흘 계속 폭우가 내렸습니다 장마인가 봐 지나가는 사람들이 속삭였어요

빗물이 쏟아지고 유리창이 높게 성의 벽을 세웁니다

당신의 머릿속에서 무수한 장미 꽃잎들이 쏟아졌어요 장미 꽃잎을 머릿속에 겹쳐 놓고 노래합니다 장미 꽃잎 위에 앉아서 송사리 떼가 지나가는 시냇물을 들여다봅니다 꽃잎 한 장 꽃잎 두 장 아는 얼굴들이에요 이 장미 꽃잎은 소나기의 얼굴을 닮았습니다

머릿속에서 별사탕들이 뛰어나와요 경쾌하고 달콤한 별사탕들이 거리를 질주하기 시작합니다 미쳤나 봐요

미쳐서 뱅글뱅글 돌기 시작합니다 우리는 아직 하나의 별사탕 속에 앉아 있습니다 당신은 아직 나를 바라보고 있습니다 언제 끝날지 모르는 이 여행이 아직은 신비로워요 질주, 질주, 질주 별사탕 속의 음악들이 일제히 우리를 향해 뛰어내립니다 저기 달려오는 바람에게 자전거를 건네주어야 하겠지만

강은 슬픔이 창백한 악기

음악에 감염된 오후다 내가 매일매일 듣는 음표가 내 안에 살아 있다는 것을 알겠다 내가 죽어 네가 살아난다면 네가 멀리멀리 퍼져 나갈 수 있다면 구름의 언어와 침대의 언어가 섞여 흘러갈 수 있다면 창밖의 음악은 들판을 춤추게 한다지 네가 병을 옮겨 풀들은 슬픈 노래를 부른다지 그러나 나는 어떤 병도 앓고 싶지 않다 나는 음악 속에서 생을 마칠 것이다 어떤 음악을 연주하는 입술을 기억한다 파리한 입술로 겨울을 노래하는 손이 4개인 악기, 그 앞에서 즐거운 귀가 되었던 기억, 기억을 밟고 한 구절의 노래가 흘러 다닌다 귓속으로 네가 흘러들어 나의 눈엔 네가 고여 있다 그 눈을 보고 어떤 새들은 황홀하게 나를 물고 날아갔으나 하늘의 푸름 속에서 잠시 즐거웠으나, 추락하는 것은 언제나 예상되는 즐거움 돌아와 연주하는 작은 손의 악기, 나는 다시 너의 깊은 강을 연주하기 시작한다 강은 길고 가느다랗고 슬픔이 창백한 악기다 음악에 감염된 오후다 너의 뜬눈에 슬픈 손을 담그는 봄날이다 강물이 내게 무어라 속삭이는 봄밤이다

Ⅲ

팔을 비틀어 던지고 더 먼 공중에서 솟아나기를

이상한 기분

드디어 당신이 나를 주목하는 순간이 찾아왔습니다 내가 당신의 설렘이 되는 순간 당신 입술 위에 얹혀 있던 고요를 나의 입술 위에 올려놓고 나는 얌전히 앉아 있습니다 그리고 조용히 두 손을 무릎 위에 올려놓고 내 마음속에 자라는 물고기 한 마리를 응시하기 시작합니다 물고기의 눈과 마주친 순간 놀라 달아나는 버드나무 이파리, 당신과 처음 마주친 그 순간부터 떨고 있는 버드나무 이파리, 그곳을 지나가는 물고기의 지느러미, 당신과 마주앉아 차를 마시는 상상을 하는 그 순간부터 좋아한다는 말을 듣는 그 순간까지 물고기는 지켜봅니다 물고기 주위를 돌고 있는 버드나무, 그 위에 마음 얹고 조용히 앉아 마음속에 움직이는 물고기를 바라봅니다 내가 당신을 상상하던 그곳으로부터 당신이 내게 달려오던 그 시간으로 물고기는 헤엄쳐 갔다가 다시 헤엄쳐 옵니다 마음속에 사는 물고기가 당신을 이곳으로 안내합니다 멀리 갔다가 다시 돌아오지 않는 당신을, 좋아한다고 말해 주려 기다리고 있는 내게로, 물고기는 지느러미를 흔들며 멀리 갔다 내게로 다시 되돌아옵니다 지금

은 우리가 사랑할 시간입니다 물고기의 아가미가 조용히 움직이기 시작합니다

구름 사이를 기차가 지나갔다

검은 하늘이 철로 가까이 내려앉고 있었네 하늘이 흘러 여기까지 온 것인가 창틀이 두리번거렸네 그가 유리창마다 고여 어깨에 멘 가방의 그림자로 흘러들었지 꿈에서 만난 옥수수는 가끔 목을 길게 빼고 구름을 솜사탕처럼 오물거렸다 저수지에서 귀가 잘린 사과가 둥둥 떠다녔으나 육지로 넘어오지는 않았다 기나긴 우울의 나날들, 구름과 구름 사이를 기차가 지나갔다 차창에 나무들의 그림이 스쳐 지나간다 서로 다른 그림으로 멀어져가는 동안 기차의 소음에는 팔다리가 여러 개인 구름이 자라고, 달리는 유리문 사이로 나뭇가지가 채워진다 달아나는 기억을 움켜잡듯이 나는 가방을 꼭 움켜쥐었다 언덕의 옆구리에선 강물 소리가 흘러내렸다 나는 잎잎이 소란한 숲으로 달려가고 싶었으나, 누군가 나를 구름 안에 집어넣고 먼 은하로 떠나는 꿈을 꾸었다 팔 잘린 소음들이 내 입속에서 꼭꼭 씹히고 있었다

공중의 새

새들이 날아다니는 숲에는 풀잎의 작은 손과 이슬의 감촉이 상처투성이인 공중을 깨끗이 씻어 줍니다 청량한 숲과 땀이 송골송골 맺히는 숲이 무리를 이루어 허리 가운데로 솟아나는 숲에는 사람이 버리고 간 깡통, 온통 울음투성이인 신발, 연리지처럼 제 몸을 흔들며 연주하는 계곡이 있습니다

공중이 하얀 피를 쏟으며 깊어 가면 싱싱한 나무 하나가 함께 슬퍼집니다 수많은 얼굴이 걸어 다니는 공중은 더 고독해 보입니다 고독을 한 뿌리 묻으면 수만 갈래의 고독이 나무뿌리에서 자랍니다

팔을 비틀어 던지고 더 먼 공중에서 솟아나기를, 오독은 존재하겠지요 나는 상한 나무 한 그루 앞에서 내 안의 숲을 펼쳐 놓고 싱싱한 손가락이 돋아나는 꿈을 꿉니다 조그만 희망이 공중의 잎으로 피어나기를, 나는 이제 공중을 머리에 이고 꿈 팔러 가는 새

내 얼굴이 얼마나 발효되었는지 기쁘고 파란, 슬프고 하얀 노래를 부르는지 궁금합니다 공중이 숲의 냄새로 저 먼 곳 굴뚝에서 솟아오를 때, 나는 내가 데려온 푸른

숲의 발가락을 단정한 신발에 넣어 둡니다 잠자는 숲의 옆모습이 해변을 닮았다고 생각하는 나무 한 그루 공중 위에 피어납니다 바다의 파란 물결을 머리맡에 걸어 두는 꿈을 꿉니다

피아니스트

여름의 건반 위를 얼음들이 뛰어다닌다
이별 후에 더 아름다워지는 손가락을 위해
허리까지 드리워진 머리카락으로 멜로디를 들으며
페달을 밟으며 종달새의 한쪽 눈을 생각한다
당신이 앉았던 자리 나뭇가지 위
나뭇가지에도 마음이 있다면
살얼음처럼 종일 흔들리리라
얼음은 살살 녹고 건반은 젖고 집이 젖고
손가락이 젖는다
얼음은 고체라서 얼음인데 이렇게 녹으면 곤란하지
마음에도 앉아 쉴 수 있는 건반이 있다면
그 건반을 살살 어루만져 주고 싶다
그렇게 말한 것은 당신이었는데
자꾸자꾸 커져 가는 신비로운 물소리
이렇게 물이 많아지면 집이 잠길 텐데
녹아도 괜찮은 음악을 껴안고
얼음은 손가락을 풀어놓는다
얼음 이후에도 사라지지 않는 마음

손가락이 녹고 문득 발목마저 사라져 있을 때
집 안이 온통 물바다다
문득 돌아서면 가느다란 음악이 흐르고
누가 켜놓은 음악인지 쇼팽의 이별의 노래
얼음은 녹으니까 얼음이지
맑고 투명하게 당신이 말하고
그런 사람이 있었는데 건반이 대답한다
슬퍼할 수 없다는 듯이 그러나 슬퍼하지 않아도 된다
는 듯이
무너지는 음률이 무너지는 손가락을 지탱한다
건반 위에서 우리는 즐거웠다고 위로한다
내가 아는 당신을 음악으로 채워 넣는다
음악의 마음에 들도록
당신을 채워 넣으면 당신은 음악으로 태어난다
집이 물에 잠기고 우리는 물처럼 흘러가고 있다

주인 없는 양떼

넘치듯 흘러 다니는 구름이
창밖에서 구름의 구름을 사육한다
구름의 얼굴을 등지고
내 모든 기쁨의 근원을 구름을 사육하는데 다 써버렸지만
약속된 이별은 없었다
약속된 만남이 없었듯이
왜 너는 나의 구름 속으로 들어와 너의 구름을 사육하는 거니?
정원의 꽃나무들이 저마다의 구름을 사육하다가 물었고
나는 나의 구름 속으로 여행 간다
나의 구름 속에서 너의 구름을 만나고
너의 구름 속에서 나의 구름을 만나고
우리는 출구가 없어서 더 행복했다
주인이 없어서 일할 필요가 없었고
일을 하지 않아도 되어서 구름만 필요했다
양 떼가 없어서
저마다의 구름이 아름답고

양 떼가 너무 많아서
저마다의 구름을 돌보기에 바빴다
가난한 구름의 호수를 돌아보면
꼭 그만큼의 눈물이 사랑을 호소한다
한껏 피어나지 못한 구름의 입에선
저녁놀에 물든 호수를 발견한다
저녁놀의 입술이 바싹바싹 타들어 가면
물고기는 어떤 영문도 모르는 채
자기의 구름을 지키기에 분주하지
자신의 구름을 지킬 수 있는가
어떤 다짐도 없이 결심도 없이
자신의 구름 속에 들어가 잠을 잘 수 있는가
구름이 있었지 너무 많은 구름들이
너무 많은 구름 속에 세 들어 있었지
나와 너의 음악 속에서 어떤 후회도 없이
구름은 흘러가고 우리는 고백하지 않았지
커다란 구름 행복한 노래
구름의 구름 속에서 다만 깊어 가는 노래

주인이 없었지 다만 양 떼가 있었지
구름을 가장한 양 떼들 사랑하고 싶어
모인 가난한 양 떼들

바다

나는 파도처럼 앉아 엄마의 눈을 바라보았다 엄마의 눈에서는 지나온 길들이 흘러나오고 있었다 바다를 귀에 들여놓은 엄마는 쉴 날이 없었다

엄마 병원에 가봐야지, 귓속에 이명이 번졌는지 잘 듣지를 못하는 엄마는 고등어처럼 길게 누워 있다

엄마는 새벽에 우주로 걸어가는 꿈을 꿨다고 했다 여행의 이정표를 하나씩 불러보는 입술에서 별 냄새가 났다

우리는 별을 보고 누워 각자의 길을 고심했다 나는 여러 해 동안 바다를 앓았다 미래가 보이지 않아서 그 속에 가만히 누워 있었다

나는 파도처럼 흘러가고 싶었다 엄마의 귀는 잘 들리지 않았고 그 위로 눈발이 들이쳤다 엄마는 눈을 맞으며 바다로 일을 하러 갔고 나는 물결 하나를 주워 들고 내가 가야 할 길인지 살펴보기 시작했다

우리라는 이름의 거울

거울을 보며 나의 앞모습을 들여다봅니다 그리고 뒷모습을 상상해 보아요

주고받는 거울 속에서

그리고 침묵의 내면을 더 들여다봅니다 사랑한다고 말한 후 그 후로부터의 이야기

과연 변치 않았을까요

김밥을 싸고 그 내면을 살펴요 밥알은 부드럽고 채소는 아삭하고 동그란 거울에 인화되는 느낌

그러니까 거울의 내면을 돌아보았다기보다 거울의 측면을 사랑한 느낌 이제 우리의 내면과 외면을 다 알아버린 기분입니다 김밥의 단면을 보고 반했다면 그 속의 은밀함을 느껴 봐야죠

거울을 보며 한 사람이 스트레칭을 할 때 하얀 셔츠를 입은 사람의 측면

타이트한 검은 레깅스

그걸 우리라고 발음하면 어떨까요 흰 셔츠와 검은 레깅스, 검은 김에 쌓여 있는 흰 쌀밥과 같이

김밥을 거울 가까이에서 먹고 있는 사람

우리에서 벗어나고 싶었다고요?
김밥을 곱씹다 알게 된 사실, 우리의 느낌은
우리의 관계가 불완전하다는 사실
거울은 깨질 수 있으니까요 십 년 동안 안전하게 벽에 매달려 있다는 사실만으로
우리는 안도합니다
개의 머리를 단정하게 빗겨 주며 당신은 말해요
우리의 관계입니다 거울과 같은
깨진 거울을 씹어 먹으며 우리의 관계는 더욱 돈독해 집니다
거울이라는 것이 한 면만을 비추는 것은 아니잖아요
나의 내면과 너의 외면
나의 외면과 너의 내면
모두를 비추는 거울은 과연 있을까요 둥글고 흰 거울과 네모난 거울의 측면을 벗어나며
김밥을 먹으며
희미한 거울을 바라봅니다 우리가 사이좋게 김밥을 나누어 먹었던 시절이 있었던가요 서로 서먹하게 각자

의 김밥을 하나씩 주워 먹으며

나는 너의 외면 너는 나의 내면

밖은 흐릿하게 비가 오네요 따스한 커피 한 잔이 그리울 따름입니다 거울은 저 멀리서 창백하게

별의 눈물

온몸에 바람을 팽팽하게 채워 넣고 네 궤도를 공전한다
찢어진 허공을 밟고 도는 구름 밖의 산책 갈비뼈에 음각된 글씨와 심장으로 말하는 별
죽어 버린 여행이란 살아 있는 행성의 추억이다
벼락과 천둥에 지워지는 빗물은 자멸하는 달력의 별이지
매일의 삶이란 바다와 하늘을 가슴에 끌어안고 자폐 같은 발작이 있을 뿐이지
얼어붙은 입술 위를 맨발로 첨벙첨벙 건너오는 시냇물은 먼 별에서 여행 나온 지도
네 궤도를 따라 고향을 떠나왔다 발끝에 잡힌 물집이 천천히 몸으로 스며올 때
삶이란 고리를 두르고 온몸의 상처가 둥글게 부풀어 오른다
내 머릿속에 찾아온 너를 어루만지며 흐르는 눈물을 닦아 주고 싶었다
슬픔이 반짝이는 별 하나가 두 눈에 와 살며시 박힐 때

지폐의 중얼거림

즐거웠잖아요 지난겨울, 지갑 속에서 너와 나의 지문을 바꾸며 행복했잖아요 너는 나의 손바닥 안에서 중얼거린다 우리는 밀폐된 지갑 안에서 꼭 맞는 공기를 입고서 속삭였지 손금과 손가락을 바꾸며 어쩌다 헤어지면 어쩌나 작별하면 어쩌나 너는 나의 손금에 붙어서 중얼거린다 어쩌다 숨결을 바꿔 가졌는지 우리는 한 장의 지폐 옆에 붙어 서서 서로의 심장을 나누어 가지면 어떤 기분일까를 생각하느라 숨죽이고 아무 말도 하지 않았지 지갑 밖에는 어떤 세상일까 궁금해하지 말기 지갑을 둘러싸고 있는 가방 밖에는 어떤 거리일까 호기심 갖지 않기 우리의 시간 속에서 우리에게 주어진 만큼의 자유만 사랑하기 네가 나에게 해준 명언이다 다른 지갑 속으로 들어가 볼까 그렇게 제안한 것은 너의 웃음이었는데 그 웃음 속에는 세종대왕도 있고 이순신 장군도 있어서 가끔 밖으로 나가고 싶기도 했다 나의 지폐 안에서 너의 지문은 중얼거린다 내가 너의 손가락이면 좋겠어 우리는 하나의 몸을 나누어 가진 영혼처럼 꼭 붙어서 어쩌다 사랑을 시작해 버린 소년 소녀처럼 중얼거린다 너와 나

의 다정한 기분, 우리는 가끔 한 영혼처럼 거리를 쏘다니기도 했다 사랑했던 그때 그 순간만큼은

의자와 복숭아

오래 앉아 있어서 의자에 복숭아가 생겼습니다
복숭아는 붉습니다 복숭아는 부드럽습니다
복숭아는 아름답습니다
생각을 복숭아에 두고 와서 머리가 복숭아 생각으로 꽉 차 있습니다
복숭아는 어립니다
복숭아는 보숭보숭합니다
복숭아는 과수원에 많이 있습니다
연두가 움트는 과수원입니다
초록이 무성한 과수원입니다
과수원에는 복숭아가 많이 있습니다
아무도 복숭아를 탐하지 않는 과수원입니다
복숭아꽃에는 복숭아가 없습니다
오래 앉아 있어서 의자에 복숭아가 생겼습니다
비 오는 풍경을 과수원으로 옮기는 복숭아입니다
하나의 복숭아는 하나의 의자입니다
하나의 의자는 산을 넘고 강을 건너오는 복숭아밭을 상상합니다

하나의 복숭아는 하나의 의자 위에 있습니다
하나의 의자 위에 있는 하나의 복숭아는
과수원이 펼쳐지는 풍경을 머리 위에 걸어 두는 꿈을 꿉니다

어항 속의 당신

당신은 나의 어항 속에서 지느러미를 흔들며 건너편 숲을 향해 헤엄쳐 갑니다 이빨이 검은 나무의 열매 속으로, 얼굴이 하얀 사과의 씨방 속으로, 이제 나의 어항 속에는 당신이 없고, 당신의 지느러미가 놀았던 물그림자만 있고, 당신이 만져 보았던 나의 투명한 유리 위에는 다른 당신이 놀러 옵니다 다른 당신이 당신의 얼굴처럼 부드러운 지느러미로 나를 톡톡 두들겨 보고 검은 달빛을 데려다 어항 밑으로 펼쳐 놓습니다 내가 투명하게 미소 지을 때면 당신은 어떤 웃음의 살갗으로 저물어갈까요 뜬눈으로 지새우는 밤의 어항 속, 건너편 숲속엔 아름다운 열매들이 주렁주렁, 당신은 나를 부르며 자전거에 다른 나를 태우고 달려갑니다 붉게 퍼져 가는 저녁놀 속으로 별빛이 스멀거리는 숲의 마을로, 이제 이곳엔 당신은 없고 다른 당신이 나의 어항을 정성껏 닦습니다 어항 속에서 나는 다른 당신의 붉게 솟아오른 언덕을 봅니다 그 언덕 위에는 당신이 다른 나를 태우고 달려가는 나무의 웃는 얼굴이 하나 내가 당신 뒤에서 태양을 향해 두 팔을 벌리는 나무가 하나 당신은 나의 어항 속으로

지느러미를 흔들며 헤엄쳐 옵니다 다른 나를 태우고 다가오는 당신의 지느러미를 나는 두 팔로 꼭 안아 줍니다

나무의 단추

이 숲은 언제부터 아름다웠을까 나는 꼭 웃는 나무인 것만 같고 나무의 옷 앞에 달린 단추인 것만 같다
계절과 계절을 이어 주는 긴 나뭇가지
떨어지는 나뭇잎 앞에서 어쩔 줄 모르는
작은 손가락
폭풍이 지날 때 느끼던 두려움
나무 틈 사이에서 떨어지던 푸른 빛깔
그 빛나는 시간들 앞에 나는 다시 웃을 수 있을 것만 같고 다시 빛나는 나무로 솟아오를 것만 같다
나를 흔들어 깨우는 길고 검은 나뭇가지
나는 커다란 나무인 것만 같고 그 나무의 옷 위에 달린 조그만 단추인 것만 같아 밤새 나무의 옷을 채웠다 풀었다
아침이면 대지의 가면을 쓰고 지평선을 게워 놓는다
나는 어떤 나무의 얼굴을 쓰고
대지 위에 붉은 혀를 쏟아 놓으며 파란 이빨을 내밀며

상자의 욕망

우리가 함께 상자 속으로 들어가던 날 상자 안에선 꽃이 폈다 꽃 아래엔 향기로운 구름이 유리그릇 안에 담겨 있었다 유리그릇 안에서 너는 이빨을 닦고 숨을 멈추었다 우리는 다른 이름의 모양이 비슷한 여러 개의 상자를 원했다 얼굴이 흉측해서 자꾸만 다른 상자를 만들었는지 모른다 좀 더 아름다운 세계를 갖고 싶은 창문이 하나의 하늘을 담고 피어날 때 이상한 상자들이 마을을 돌아다녔다 손에는 총과 칼을 들고 먼저 있던 상자를 베어냈다 나는 손을 뻗어 상자를 움켜잡았지만 이상한 냄새를 풍기며 피어오르는 총알들, 상자에 들어간 사람은 상자 밖으로 다시 나올 수 없었다 나는 상자를 만들었다 없어지는 만큼 커지는 욕망 상자를 향해 손을 뻗으면 이상하게 내가 상자가 된 것 같았다 그런 날은 나를 열고 들어오는 사람들의 손에서 꽃이 폈다 유리 상자 안에서 너는 책을 읽고 있었지 오래도록 나는 너의 옆모습을 잊지 않았다

검은 피아노의 흰 파도

검은 피아노 한 대 바닷가에 앉아 있네 파도는 피아노 발목을 감으며 흘러가고, 어디로 가느냐고 물어도 눈 꼭 감고 말해 주지 않고 나의 손가락은 도마뱀처럼 바닷속으로 달아난다 너는 멀리서 나의 손가락을 바라보고 있고 너는 단풍들과 희희낙락 떠들고 있고 나는 바닷속으로 뛰어들고 싶은 도마뱀, 사랑을 할 때 우리는 한 음악이었을까 손가락에 파도가 흘러넘친다 바다는 파도를 사랑하고 단풍은 단풍을 사랑하는 법, 나는 몸을 둥글게 말고 커다란 피아노에 몸에 싣고 바다 위에 떠 있듯이 구름이듯이 흘러간다

하얀 건반들이 움직이기 시작한다

비를 추모하는 방식

구름의 한쪽을 바라보면 비의 방향이 찾아오고

살기 싫구나라고 말하는 입술 위에 슬픔이 스며든다

둥근 어항에 갇혔던 엄마가 나를 품에 안고 함께 죽어 갔던 기억 그때 나의 죽음은 엄마의 슬픔과 닮은 것이었다

먹이를 주지 않는 주인과 그의 아이들이 엄마와 나를 물속에 버리자 비슬비슬 죽어 갔던 기억

그때 희망은 나의 꼬리에 매달려 나와 함께 긴 여행을 떠났다

어디서든 말하면 달려올 수 있으니까 내 꼬리에 붙은 그가 언제든 나의 연인이 되어 줄 수 있으니까

나의 죽음은 달콤하고 자유로웠다

나보다 먼저 걸어가고 있는 비의 발걸음 나의 거처를 마련한다

커다란 웅덩이에 내가 초대하지 않은 잡풀들이 솟아나 있고 정체불명 나무의 죽음도 기거해 있고 도대체 누가 이런 무시무시한 공포의 늪을 마련해 놓은 거야

내 꼬리에 매달려 있는 그가 투덜거렸지만

먹기 싫은 웅덩이는 먹지 않으면 그뿐 수많은 환경들 속에 마음에 드는 정신병을 골라 디디면 되지 엄마가 나를 위로해도 나는 엄마의 동공에 스며들 수 없고, 우리를 둘러싼 비의 동공 속으로 한 번 더 폭우가 쏟아진다 그 빗물과 빗물 사이를 엄마와 나는 조심스레 돌아다녔지

사랑하면 잊을 수 없는 거야 엄마가 내게 말해 주고 반대로 말할 수도 있는 거야 낮게 속삭여 주고

그때 왜 너는 그렇게 떠난 거야 비들이 더욱 세차게 쏟아지면 온몸의 비늘들이 세차게 일어나 비처럼 너의 창문 앞에 서 있고 싶었다 그러다 어느 날 비가 걷히고 우리가 바라던 것처럼 하늘로 둥실 떠올라 구름이 되기도 했는데 우리는 쏟아질 수 있어서 마음에 들었다

태양의 다스한 감각이 우리를 둘러싸고 아름다운 꽃들이 피어나기 시작하면 언제 죽었던 적 있는 것처럼 우리는 다시 태어났고 공기의 눈물방울을 갖게 되었다

하지만 불러도 피지 않는 꽃의 이름을 들여다보며 몸이 바짝 마르고 그의 숨결들을 상상하게 되었는데 비를 많이 맞아서 꽃이 사라진 것처럼 죽은 것들의 심연엔 희

망이 웅크리고 있다는 것을 알게 되었다

꽃의 눈동자에 지느러미가 자라고 어느새 우리가 공기의 자유로운 몸으로 그들과 함께 뛰어놀고 있을 때 알지 못했던 기쁨이 우리의 몸 어딘가에서 작은 벌레와 속삭이고 있을 때 그때 보았다

스스로 사라진 기쁨 속엔 언제나 슬픔의 기억이 많은 비를 부르고, 우리의 기억 속에 달라붙어 있던 슬픔들이 죄다 꽃이 된다는 사실을

알 수 있을 거 같았는데

도무지 나를 알아보지 못하는 작은 꽃의 이름들을 찾아보며 우리는 다시 한 번 비를 향해 솟아오른다

공기의 몸을 얻으니 좋아?

엄마가 다시 한 번 묻고

우리를 둘러싼 것들 중에 빛이 있으니까 사랑할 수 있지

엄마는 나를 감싸고 많은 꽃들을 돌보고 있다

비의 억양이 그리워지는 날

비 비 발음해도 도무지 내리지 않던 비의 행방, 그런 날이면 엄마와 나는 온몸에 가벼운 깃털을 달고 구름 속

으로 솟아오르곤 하지 우리가 비가 되어 흘러내리자
엄마가 말하고 나는 응응, 엄마의 눈동자 속으로 스며들고
그런 꿈을 꾼 날은 네가 꼭 전화를 걸어올 것만 같다
전화기를 꺼둔 지 오래된 기억 속으로

Ⅳ

하늘의 동공 안에 코끼리 한 마리 앉아 있었고

기린이 자라는 꿈

기린은 풀의 활자를 공중에 던지고 받아먹으며 내 꿈 속을 왕래합니다 기린은 소풍의 맛을 가진 그림자 풀을 뜯어 먹습니다 풀이 자라 하늘을 덮습니다 나는 초원의 잠을 베고 누워 하늘거리고요 많은 구름이 떠다니는 하늘은 눈을 뗄 수가 없습니다 기린은 초원 위로 걸어와 나뭇잎을 따 먹고요

나무들이 무럭무럭 자라는 꿈속입니다
언덕이 무지개로 피어나면 꿈은 더 선명해집니다
어떤 꿈에선 냉장고 안에서 죽은 태양이 뜨기도 하고요
바람은 푸른 하늘에 고여 있을 때 더 눈부십니다
어떤 하늘은 아무리 봐도 눈이 아프지 않아요
나는 몸을 작게 웅크리고 푸른 얼음 속으로 들어갑니다
구름을 팔에 두르고 점점 자라는 얼음의 잎사귀가 됩니다
성장이 멈춘 후에도 나는 꿈속의 초원을 들락거립니다
내 키가 자라지 않는 이유입니다
저기 검은 구름이 걸어오고 있습니다 곧 꿈에서 퇴장할 시간입니다

눈사람

눈송이 위에 집을 지어요 너는 어젯밤에 집으로 돌아오지 못했나 봐요 눈사람 속에서 밤을 새우고 눈사람 속에서 책을 읽고 눈사람 속에서 밥을 먹었나 봐요 얼굴이 하얗게 부어서 둥글게 부풀어 올라서 알아보지 못할까 봐 너는 어젯밤 집으로 돌아오지 못했나 봐요 눈사람을 읽느라 시간이 가는 줄도 모르고 눈사람과 사랑하느라 얼굴이 하얗게 부은 줄도 모르고

네가 눈사람이 되었다는 소식은 새롭지 않아요 외로운 눈사람은 외로운 눈사람만을 좋아해서 두 눈사람은 하나의 눈사람 속으로 들어갔대요 하나의 눈사람 속에서 둘의 영혼이 외로울까 봐 익숙한 눈송이를 붙들고 사랑을 맹세했나 봐요 사랑은 언제나 외로운 눈사람이죠 죽은 눈사람을 붙들고 하소연하다가

눈덩이를 잃은 눈사람처럼…… 내 위에 하나의 눈덩이를 얹어 주세요 눈덩이 위에 또 하나의 집을 지어요 네가 돌아오지 않는 밤 하얗게 퍼붓는 눈발에 외롭지 않을

둥글고 커다란 집을 지어요 잠 못 드는 밤의 눈사람은 죽어도 또 죽고 싶은 장미 넝쿨의 환상이죠 하얀 눈밭 위에 장미 꽃잎들이 떨어져 있네요 나의 넋이라고 장미의 냉정한 혈흔이라고 눈송이들이 포근하게 덮어 주네요

유목의 습관

입술이 이지러진 곳에 해당화가 피어 있었다 유령은 먼지들이 떠다니는 풀 안에서 사슴의 입김을 얻었다

식도를 타고 내려오는 건 염소들의 짧은 다리

작은 나무들의 팔들이 태양의 문 앞에 서서 노크했다

천막으로 들어가는 입구에 펼쳐져 있는 들판의 주인이 되고 싶어, 나는 양의 피를 얻어 어린 정령들에게 먹였다

당신을 지켜보는 건, 풀들의 낮은 포복, 걸음이 들려진 땀의 발가락, 따가운 태양의 통로를 따라 몰려오는 빛의 처녀들

핏물이 고여 있는 웅덩이 안에 풀의 잘린 손이 있었다

해당화를 불러 보고 싶은 콧잔등 위로 달력의 얼굴이 스쳐갔다

사슴의 뿔이 더운 곳으로 몰려가는 꿈을 꾸었다

옷자락에 묻은 바람을 털어 내며 나는 들판 위를 걷고 싶었다

발가락의 이지러진 곳에 스며 있는 발굽이 욱신거릴 때

떠나자고 채근하는 유령의 발소리가 흐릿하게 흔들

렸다

나는 숨을 고르고 눈을 감았다 옆구리의 비릿한 체취 안으로 해당화의 굵은 빗발이 들이쳤다

당신은 심장을 펴고 가장 초조한 언덕의 어깨를 가늠해 보았다

언덕은 언덕으로 당신을 안내하고 있었다

내 안의 물소리

물이 컵에 담겨 있다 흐르는 물소리, 물이 흘러 밖으로 나가는 물소리, 어떤 날에는 물을 많이 마신다 무수히 많은 물이 몸에 쌓이고 있다 수도꼭지에서 물이 흘러나오고 있다 텔레비전에서는 두 사람이 노래를 부르고 있다 두 입술이 집 안을 날아다닌다 수도꼭지에서 흘러나오는 물소리가 집 안을 꽉 채우고 있다 그 물소리가 연못으로 흘러가고 있다 연못에 물소리가 떨어지고 있다 잉어들이 물소리를 받아먹고 있다 잉어들이 물소리 속에서 헤엄치고 있다 물소리가 증발되고 있다 내가 물소리처럼 마당을 뛰어다니고 있다 내가 식물들에게 물을 주고 있다 식물들은 물소리를 들으면서 키가 큰다 식물들이 마당을 돌아다니고 있다 내가 물소리를 수집하고 있다 잉어들이 물소리를 받아먹고 있다 식물들이 물소리를 잡아당겨 목을 축이고 있다 내가 물처럼 마당에 쏟아지고 있다 내가 잉어에 식물에 물소리를 주다가 목이 마르고 있다 집이 물소리로 범람하고 있다 목이 마른 내가 물을 마시고 있다 물소리가 집 안을 뛰쳐나가 거리까지 달려가고 있다 물소리가 들리지 않자 나는 수도꼭

지를 잠갔다 그러자 내 안에서 물소리가 졸졸 흘러나오고 있다

봄의 왈츠

봄의 여신이 가벼운 신을 신고
오늘의 들판에 앉아 도시락을 먹는다

어떤 나무는 새로워지려는 흙의 노래를 일으켜 세운다 심장에서, 젖은 다리에서 뛰어나온 손가락을 들판에 부려놓는다

하늘을 독해하다가 구름 한 조각을 들판의 꽃들에게 읽어 주는 당신, 한 페이지의 봄비가 조근조근 내리고 있다

검은 흙의 문장을 일구고 구름의 씨앗을 심는다

바람은 먼저 와 있다 흙의 알갱이를 어루만지며 나무의 깊은 슬픔에 귀를 대고 젖는다 풀의 혀들이 초록으로 돋아나고 있다
연두에서 초록으로 번져 가는 계절은 중편이 어울린다
나무의 그늘을 펼쳐 놓고 주인공들의 이름을 살핀다

그런 날, 나는 백 년 전에 태어난 사람으로 봄과 마주 앉아 구름의 시를 주고받는다 무수한 초록이 일제히 태어나 흔들리고 있다 어떻게 미래에서 과거로 돌아갈 수 있는지 꽃들은 말하지 않지만 봄은 그 방법을 안다

내면의 떨림 같은 흙의 고백들이 보리밭을 걸어 다니고 있다
죽었다가 다시 태어난 봄의 물결이 무수한 바람들과 함께 춤추고 있다 나는 봄이 다시 태어난 것처럼 아픈 나를 사랑하고 한 발 한 발 봄의 발자국을 따라 걷는다

저만치 태양이 걸어오고 있다 들꽃에게 걸어와 봄의 왕관을 씌워 주고 있다

호각도*

머릿속에 호랑이를 키워요 오른팔엔 멧새를 키우고요 가슴 한복판에 나 있는 기와집 한 채 그 안으로 들어가 보면 그 뜰 안을 걷고 있는 소년과 소녀들, 너무 작아서 보이지 않는 나무 위에 매달린 조그만 버찌들, 입안에 넣고 햇살을 굴리는 공기의 조그만 손처럼 여기저기 돋아나 있는 풀잎들, 우리는 제멋대로 자라는 풀잎이고 싶었지요 비가 오면 비를 맞고 눈이 오면 눈을 맞다가 아무 데서나 한뎃잠 자도 풀잎처럼 삶이 힘들어도 정신만은 고결해서 칼날 같은 정신을 쭉 뻗어서 바람에 나부끼고 싶었지요 어느 깊은 밤 호랑이가 살금살금 마당으로 내려온다는 그 집 한 채 마음속에 갖고 싶었지요 호랑이의 등을 타고 온 산맥을 누비고 다니고 싶었지요 어느 외로운 어미가 아이를 재우는 집 처마 밑으로 곶감 하나 몰래 던져 두고 달려오고 싶었지요 호랑이의 줄무늬는 그윽하고 아늑해서 누구의 눈에도 띄지 않는 행복한 비밀이고 싶었지요 왼팔에는 아무도 살지 않는 빈 소매로

* 장욱진의 그림.

남겨 놓아 먼 훗날 내가 나를 찾아와 나를 편안히 눕힐 수 있는 조그만 공터이고 싶었지요 머릿속에 호랑이를 키워요 빈 마당의 고요한 뜰 안의 행복을 아무도 침범하지 못하도록 눈 부릅뜨고 제 울음에 놀라 어슬렁어슬렁 머릿속을 돌아다니는,

눈 질끈 감고 머릿속에서 뛰어내리면 호랑이가 살았다는 어느 먼 산골의 깊은 골짜기에 도착해 있는

가로수*

나무 위에 집을 지어요 외롭지 않게 몇 가구를 지어야겠어요 한 집에는 태양을 들이고 한 집에는 바람을 들여 피곤하고 힘들 때 그 집에 누워 눈을 감으면 나무의 노래 들리고 잎사귀들의 속삭임도 들리고 당신이 내 귀에다 심어 놓은 조그만 풀씨들이 지들끼리 무어라 속삭이는 소리 들리는

나무 위에 집을 지어요 바람이 불어 흔들려도 위태롭지 않은 가벼운 집을 지어요 육체의 옷을 벗어 버린 파란 영혼으로 누구의 눈에도 띄지 않는 집을 지어요 태양을 가득 품은 눈이 파래서 저 아랫마을에서는 나무들의 눈이 파랗다고 아이들이 손뼉 치는 온몸이 파란 집을 지어요

나무 위에 집을 지으면 파랗게 돋아날 수 있어요 바람이 불 때마다 영혼이 날아다니는 당신과 둘이 손을 잡고 나무 위, 방에 누워 있으면 바람이 불어도 좋아요 눈이 펑펑 내려서 우리를 꽁꽁 얼려 놓아도 좋아요

꽁꽁 얼려서 여기저기 날아다녀도 좋아요

---

* 장욱진의 그림.

사탕

사탕을 달라고 아이들이 손을 벌렸다 사탕의 표면은 매끄럽고 달콤하고 아름답다 나는 사탕 안으로 들어가는 방법을 모르므로 사탕을 입안에 굴리고 있다 어제 먹은 사탕은 달콤 쌉싸래한 맛 누군가 나의 입안에 햇살을 버리고 있다 나는 나의 입안을 지나쳐 걸었다 입안에서 흘러나오는 내가 아껴 먹었던 노래들, 그러나 사탕은 너무 달콤해서 기쁨이 전해지지 않는다 내가 사탕 안에 들어가는 방법을 모르므로 나는 사탕을 만들고 아이들은 사탕을 먹고 또 사탕 주세요 사탕 주세요 아이들이 사탕을 입안에 넣고 지구를 굴리고 있다 지구는 아이들을 등에 태우고 아이들을 살살 녹여 먹고 있다 내가 사랑이라고 믿었던 실체는 사실 내가 만들어 낸 허구의 커다란 사탕이었던 것 나는 커다란 사탕 안에 들어가는 방법을 모르므로 오늘 작은 사탕을 만들고, 사탕 주세요 사탕 주세요 아무도 달라고 말하지 않는데 나는 사탕을 만들고 있다 나를 그 안으로 집어넣으려 애쓰고 있다 사탕의 실체는 없고 사탕의 허구만 남아서 나의 사탕 속에서 밀애를 나눈다

히아신스*

네가 없는 한낮, 나는 꽃을 꺾어 너의 얼굴을 그려 넣고 입김을 불고 주문을 외우지 아픈 몸을 알아보는 의사가 있으면 좋겠어 온몸에 발긋발긋 피어나는 증상 아무도 알아보지 못하는 병, 나는 너를 담고 피어 있는 꽃, 비가 오지 않는다 나는 너를 사랑한 혐의가 있어 꽃향기를 온몸에 바르고 내가 들꽃이 되면 좋겠어 우리가 만났던 날의 들판, 들판 위의 꽃, 뱀이 기어 나와 발뒤꿈치를 물었지

울고 있는 걸 보고 있는 거니, 울면서 거리를 돌아다니는 걸, 구덩이에 발목을 묻으며 꽃이 되어 가는 걸, 꽃 위에 내려앉은 투명한 팔의 공중 기억을 잃어버리기 전에 돌아와 줘, 그날의 습도가 사라지기 전에 내 숨에 입김을 불어넣어 줘, 네가 없는 한낮, 너의 목소리만 공중 가득 흩날린다 공중 가득 네가 울려 퍼진다

---

* 지중해연안에 사는 꽃. 꽃말은 유희, 스포츠, 겸손한 사랑.

열애 중

1.

너는 말한다 우리의 앞에 어떤 장애물이 있어 그것들을 사랑할 생각이 있으면 우리는 헤어지지 않을 수 있어 장애물의 혀를 사랑하면서 너는 아무런 문제가 되지 않는다고 말한다 장애물의 문제는 우리의 문제가 아니라고 장애물의 문제일 뿐이라고 나는 한숨을 피워 올리며 나의 찻잔을 매만진다 찻잔 밖에는 뱀 무늬의 아름다운 추억이 밤의 기운을 몰고 온다 우리가 함께 뱀의 무늬 속으로 들어갈 수는 없을까 너는 깊어 가는 겨울의 눈동자를 찻잔 속에 빠뜨리고 너의 눈동자를 바라보고 있다 너의 눈동자 속에는 물속으로 헤엄쳐가는 두 마리의 구름이 있다 두 마리의 구름이 서로의 꼬리를 좇아 찻잔 안에서 회오리치고 있다 두 마리의 구름이 검은빛으로 몸을 화장하고 있다 우리의 사랑은 언제나 미확인의 유성처럼 불투명하게 빛난다 더 이상 우리는 우리가 아니라고 내 안의 너는 속삭이고 나는 그 말의 뜻을 알아듣지 못하고 계속 찻잔을 매만진다 그런 때가 있었지 내가 너를 떠나던 때가 슬픔의 기운을 보여 주기 싫은 너의

빗방울의 빗방울을 사랑하던 때가 언제나 그 자리에 서 있는 나무처럼 네가 바람에 흩날린다

2.

언제나 우리는 서로에게 적대적이다 한 번도 나를 믿어 준 적 없는 소나기처럼 너는 나를 적신다 너의 슬픔이 방울방울 유리창에 매달려 있다 빗방울의 슬픔을 가만가만 어루만지는 유리창처럼 나는 나의 유리창을 어루만진다 창문을 열고 한 아이가 밖을 내다보고 있다 우리가 우산 속에서 싸우듯이 세계를 향해 소리 지르는 아이의 목소리가 아름답다 내 기억의 숲을 열고 열매 하나를 나누어 먹는 어린 동생이 숲속을 걸어가고 있다 그 발걸음 밑에서 헤엄치고 있는 커다란 웅덩이, 아름다워, 나는 손을 이마에 대고 너의 기억 속을 걸어가고 있다 너의 기억 속에서 나는 네 옆에서 바람에 머리카락을 날리며 조용한 목소리로 너의 눈동자를 응시하고 있다 소나기 속에서 네가 나를 돌려세우고 나의 슬픔을 들여다보고 있다

3.

그 거리의 사람들은 길을 지나가며 말한다 우리의 사랑은 너무 현실적이어서 이루어질 수 없는 거라고 돌아누우며 서로의 기억 속을 걸어가는 각자의 사랑만 존재할 뿐이라고 너는 너의 어항에 물고기를 기른다 나는 나의 어항에 물고기를 기른다 처음의 기억들을 조합해 우리의 어항은 하나가 될 수 없는 걸까 눈이 내리고 너는 눈사람이 되어간다 바람이 내 손목을 잡고 돌담길을 뛰어간다 돌아서면 나타나는 사거리 약국이 아무리 찾아도 보이지 않는다 어디까지 우리는 방황할 수 있는 건가

4.

언제나 사랑하는 마음으로 눈이 내린다 나에게 사랑을 고백하는 거리의 사물들, 거리의 풍경들, 죄다 너에게 눈사람을 건네고 있다 너는 눈사람을 사랑하는 눈사람, 걸림돌이 문제가 되지 않는다고 말하는 눈사람 나는 작고 어여쁜 눈사람을 만들며 너의 언덕을 오르고 있다

너의 언덕엔 나의 언덕에서 마중 나간 아름드리나무들이 눈사람처럼 소복하게 눈을 맞고 있다 우리 언제 사랑했었던 적 있었나요? 너는 내 귓불에 속삭인다 언제나 열애 중이었나요? 그런 말이 들린 것도 같고 나는 커다란 언덕 하나를 꿈꾸며 네 언덕의 가장 낮은 곳에서 눈사람을 만들고 있다 푸르게 지붕 위에서 눈뭉치가 떨어진다 언제나 나를 지켜보고 있었다는 듯이 언제나 나의 슬픔을 위로하고 싶다는 듯이 내 기억 속에서 너는 늘 열애 중 네 기억 속에서 나는 늘 부재중

전주곡

빗줄기가 여름 내내 쏟아졌다 천둥 번개의 얼굴을 뒤집어쓰고, 안녕? 하는 날씨로, 내 웃음을 바라보며 유리창에 죽죽 금을 그었다 지붕을 덮으며 비가 내렸다 비옷을 꺼내 입고 계단을 오르는 장화가 가만히 빗소리를 듣고 있다 이 소리는 내 기분을 좋아하는 너의 입이 바닥에 두근두근 떨어지는 소리다 빗방울이 번져 가며 몸 부풀린다 물에 번지고 빗방울이 기어 나온다 이 빗방울은 내 음성을 기억하는 물의 그림자다 물방울 속으로 한 사람이 들어와 앉는다 초조한 기분으로 물방울이 번진다 빗방울이 돌 속에 음각된 웅덩이에 앉아 있다 웅덩이에서 빗물이 무슨 말을 하려 애쓴다 넘치는 물이 계단의 무릎 위에서 흘러내리고 있다 오랜 가뭄에 나무의 표피가 말라 있다 혀에서부터 타들어 가던 갈증이 뿌리까지 내려와 나무를 쓰러뜨렸다 어린 나무가 골목에서 뛰어와 들여다보았다 죽은 나무의 눈은 죽은 물의 얼굴을 닮아 있다 빗방울이 죽은 나무 위에 까맣게 맺혀 있다 빗방울은 죽은 나무 위에서 투명한 눈빛으로 서성이고 있다

코끼리가 되는 가장 아름다운 방법

#1

이것은, 코끼리가 되고 싶은 한 사람의 이야기

생각하는 것만으로 책의 발가락으로 걸어 다니는 코끼리

책갈피 위엔 어린 코끼리가 있었네 진흙 같은 글씨가 흘러들었고 입안에서 어떤 휘파람은 이야기를 초원으로 흘려보냈으며 나무 안으로 구름이 흘러왔고 그 구름 속에서 야생 코끼리들이 태어나기도 했네

책 속엔 전염되는 초원이 있어 코끼리의 발바닥은 석양의 똥들을 더듬더듬 뭉개곤 하였네

사려 깊은 책 안에 손을 넣어 목소리와 코를 맞바꾸었네 그런 날에도 나는 눈을 반짝이며 코끼리의 코와 사랑하기에 바빴고 살고 싶은 사람은 흐뭇한 눈동자를 코끼리에게 박아 주곤 하였지

#2

밤이 되자 코끼리는 잠들었고 나와 몸을 바꾼 책은 밤

하늘처럼 서성였다
　하늘의 동공 안엔 코끼리 한 마리 앉아 있었고 돌아서
면 새벽, 보다 더 선명한 동물원의 바깥이, 밀담을 나누
며 저물었네 그런 날엔 집으로 돌아가고 싶지 않았으나
　신발 밑에 가끔은 육중한 활자들이 자라기도 하는 법
　백지의 시간 속에서 코끼리가 코를 흔들며 공중 위로
솟아오르기도 하지
　어떤 활발한 백지들은 한 마리의 코끼리가 되어 도시
의 골목 안을 두리번거리며 걸어 다니기도 하지

귀를 분실한 오후

어깨의 통증과 사귄다 나를 분실한 지폐가 골목길을 걸어간다 오해를 습득한 벽은 붉은 글씨의 편린이다 완성되지 않은 그림자만 공소시효다 나는 그림자의 손을 움켜잡는다

구름이 미완성으로 흐르고 있다 발설된 노래가 골목 끝으로 뛰어간다 내가 구름이라고 부르는 골목의 편력이 다채롭다

잠든 묘지가 뒷걸음질친다 생각 없는 구름이 유월을 해독한다 몸 없는 생각이 나를 입고 춤춘다 이 꿈은 너무 익숙해 나를 재촉한다 빛의 투신을 빗장뼈에 가둔다 가로와 세로의 질주는 우리의 오랜 투쟁이다 꺼내 입은 외투 속 생소한 항목이 발견된다 터진 기억은 비애의 한 장면이다

흰 그림자가 골목을 빠져나간다 날갯짓이 유독 비틀거린다 내 눈 속에서 내가 춤춘다 내 입속은 나를 발설하지 못한 동굴이다 검은 글씨가 자욱하다 나는 너의 검은 동공을 엿본다

골똘한 동공 안에 갇힌다 이런 상황은 귀가 낯설다 귀

를 분실한 오후는 밤의 처형이 어울린다

달의 수화

숲의 신호음을 듣고 달려나갔습니다 먼저 와 좌절하고 있는 숲, 이건 어쩌면 나를 닮은 나무 같아서 울고 있는 창백한 달 같아서 불면의 밤 대신 나뭇가지만 펄럭였습니다 마음은 활활 타올라 누군가 부르면 강물을 흘려줄 것만 같은데 숲은 은유를 잃고 홀로 남은 상징처럼 머리를 쥐어뜯고 있었습니다 우리는 말과 혀를 섞어 버린 사람. 당신은 나의 등에 붓으로 그림을 그리는 붓. 서로의 몸을 열고 깃털을 바꿔 버린 새입니다 숲의 바람 소리는 오래전 헤어진 이름을 연주하는 첼로의 현을 닮았습니다 우리는 서로의 물방울만 보아도 잎사귀가 떨리는 짝눈인 사람들입니다 어젯밤 뻐꾹새가 제 알을 다른 둥지 안에 넣는 것을 보았습니다 천 년을 살아 있다는 주목나무는 뜨거워지지 않았습니다 이 생에서 저 생으로 건너가는 목이 긴 나무들만 빼곡하게 서서 한밤의 잔치에 참여했습니다 영혼이 닳아서 부끄러우시다면 귀신의 처연한 곡(哭)을 빌려 오십시오 숲의 허리에는 비유가 숭숭 뚫려 있어 달빛이 환합니다 다시 만나자고 말하는 숲의 신호음을 듣고 나는 나뭇가지를 흔들어 답장을 했습니다 달이 무어라 말하는 것 같았습니다 숲의 고요는 천 개의 고원을 넘어온다는 달빛이 버무려 내는 우리들만 아는 수화의 무덤들입니다 바람으로 연주하는 숲의 신호음에 대해 당신은 '달의 수화'라고 이름 붙여 주었습니다

동백을 사랑하는 손

연필을 깎아 꽃병에 꽂아 두면 도화지 속에서 하얀 손가락이 돋아 나왔네 흑심이 다 닳아갈 때면 창문 밖으로 피어오르는 동백나무들 사각사각 눈 위를 달려오는 꽃잎들 동백 정원을 뛰어다니는 말발굽 소리

벽이란 벽은 모조리 너의 환영으로 피어나, 뼈와 뼈 사이에 꽃잎이 달싹이고 검은 가지는 벽의 어깨를 감아쥐고 지붕 위로 올라가고, 꽃잎을 입으려고 도화지의 깊은 눈동자가 반짝이네 꽃잎 울림 잠깐이면 돼요 손가락은 바쁘네 태어나기도 전에 우린 서로의 색을 알아차린 것일까 붉은 색깔의 물감이 손목에서 흘러나왔네

불행한 나라의 천사들

당신에게 아주 불행한 나라의 이야기를 듣는다 네모난 그림에 갇힌 이야기, 그림을 열고 들어가 아주 커다란 용을 만난 이야기, 머리가 귀밑까지 덮인 소년이 있고, 흰 바지를 입은 용이 있고, 소년과 용이 아슬아슬하게 풀숲에서 눈을 마주친다 천사는 날개를 펄럭였지 그림 속에서 소년이 달빛 내린 숲속의 용과 눈빛을 교환하는 동안, 나는 꿈을 꾸고 있었지 꿈에서 만난 천사는 베란다 넝쿨 식물을 타고 올라와 식물의 잎으로 앉아 있다가 침대 옆 간이 탁자 위 조명 등으로 있다가 내 눈꺼풀 위에서 졸음이 되어 흘러내렸지

소년이 그림을 열고 들어가 아주 커다란 꽃이 된 이야기. 당신이 그 많은 그림 속을 오랫동안 걸어 꽃의 걸음걸이를 배워가는 동안, 나는 여러 잠을 돌아다녔지 목요일의 잠은 아주 달콤해 옥상 위에 빨래를 널었지, 바람결에 날아다니는 흰 셔츠는 얼마나 시원한지, 셔츠 위에 내려앉은 태양의 걸음걸이는 얼마나 다스한지, 나는 옥상 위 흰 의자에 앉아 구름이 코끼리를 타고 여행을 하는 상상을 했지 소년이 그림 속에서 아주 먼 곳으로 여

행을 다니는 동안, 나는 잠 속에서 그림을 그리고 있었지 월요일의 잠은 싱그럽고 파릇해, 끓는 물속에 파스타면을 넣으면 파랗게 돋아나는 옥수수밭. 그 옥수수밭에는 소년이 있을까, 아주 먼 곳에서 옥수수 꽃이 되고 있는 줄도 모르고 가만히 앉아 있는 소년

그 잠이 아늑해서 눈 오는 아침을 맞고 싶었네 아직 꽃이 된 당신이 더 먼 곳에서 이름 모를 꽃의 이름을 생각해 내는 동안, 그림 속에서 흰 바지를 입은 용과 숲속을 여행하는 동안, 나는 눈 내리는 아침의 어둠 속에서 푸릇한 새벽의 기운을 느끼지 발목까지 찾아온 저릿한 전율, 첫눈 오는 날의 첫 발자국, 공중에 흩날려

문득 그림을 열고 들어가, 구름의 수염을 달아 줄게

그러나 이곳은 아직 잠을 돌아다니는 여행 중. 금요일의 잠은 너무 고요해, 동굴 속에서 오래 칩거하는 용들이 우글우글, 나는 천사들이 배고픈 아이들에게 줄 빵을 굽는 상상을 하지

시끄러워서 잠이 깰 뻔하다가 불행한 이야기를 들었지. 그림을 열고 들어가 아직 돌아오지 못한 소년이 꽃

의 뒷모습이 되어 앉아 있는 이야기, 슬퍼서 다시 잠 속으로 발을 뻗으며 아주 깊은 잠 속으로 좀 더 조금 더, 태양이 방 안 구석구석 아픈 곳에 알알이, 그런 날에는 천사들이 창틀 위에 내려앉아서, 그림 속에 돌아앉은 소년의 등을 조용히 쓰다듬고 있었네

기차역에서

— 뒤로 가는 기차를 타고 지구 한 바퀴를 돌았다

낯선 이름들이 있다 이름들을 클릭하면 익숙한 기차역이 나온다 기차에서 내리는 사람들 중에 P가 있다 P는 플랫폼에서 뒷모습을 보이며 걸어간다 신발을 벗어 던지고 한 손에 놓인 신발은 빙그르르 춤춘다 P는 달리는 기차에서 뛰어내리고 싶었다 끝없이 달리는 철로 위에 누워 구름 위로 둥실 떠오르고 싶었다

"구름 위에서라면 달리는 기차 따위는 장난감처럼 어루만져 줄 수 있을 거야 흐흐흐."

기차를 쓰다듬으며
물을 주며
기차를 뒤로 달리게 하고 싶었다
물속을 헤엄치는 기차는 얼마나 흥겨운가
창문에 돋아난 사람들은 팔다리를 허우적거리며
깊은 바닷속으로 탐험을 떠나고 싶을 것이다

기차가 달리는 속도를 어쩌지 못해, 빗물은 더욱 많아지고, 집들은 점점 물속에 잠겨 지붕들도 흥겨워 소리 질렀다

뒤로 가는 기차를 타고, 바람인 A가 바람인 B와 손을

잡고 귓속말을 했다

유리창에 두 얼굴이 포개지고 하나의 물고기가 탄생했다

몇 살쯤 우리 몸에는 비늘이 돋을까 몇 살쯤 우리 다리엔 바퀴가 생길까

키득키득, 킥킥, 쿡쿡 물소리가 흘러나왔다

마음이 외로울 땐, 손가락 위에서 기차가 달렸지 뒤로 달리는 기차는 아찔하고, 위험한 물속 안에 돋아난 철로는 아무도 달리지 않아,

손가락이 흥겨웠지 손가락이 바빴지 손가락이 그리웠지

K는 기차를 탔다 달리는 기차 안에서 신발을 선물 받았다 그때 K는 신발 안으로 들어가 날아오르는 새를 꿈꾸었던가 뒤로 달리는 기차 안에서 쓴다 K는 구름 위에다 클릭 클릭, 뒤로 가는 기차를 타고 싶다고 뒤로 가는 기차 안에서

A와 B의 새로 돋아난 지느러미가 되고 싶다고

해설

사랑의 씨앗을 대지에 심기 위한 여정

이성혁(문학평론가)

1

이어진 시인의 이 시집 원고를 읽고 한동안 멍멍한 상태에 있었다. 이 시집을 읽는 동안 환몽의 세계가 내 머릿속에서 파도처럼 밀려왔다 나가기를 반복했기 때문이었다. 다른 세상에 갔다 온 느낌이 들었다 할까. 가히 '꿈의 파도'의 시집이라고 하겠다.('꿈의 파도'는 초현실주의자 시절의 루이 아라공이 펴낸 시집 제목이기도 하다.) 하지만 멍한 느낌에만 빠져 있었던 것은 아니었다. 아름다웠기 때문이다.

긴 환몽의 전개를 보여 주는 시인의 산문시는 사랑이 관통한다. 그의 시가 꿈의 세계를 펼쳐 냈다고 해서 뒤죽박죽으로 전개되지는 않는다. 그의 시는 일관성으로 제어되고 있다. 시편 안의 이미지들은 긴밀하게 조응하면서 윈드서핑 하듯이 파도치는 정동의 물결을 타며 전개된다. 이러한 일관성을 확보하게 해주는 정념이 사랑이다. 깊고 강렬한 사랑의 정동이 이미지를 생성하고, 이미지들의 연쇄로 이루어지는 구문을 이끈다. 정동의 파도가 이루어 내는 마음속 이미지 공간이 그의 시의 무대다. 우선, 비교적 짧은 시인 아래의 시를 인용하여 살펴보자.

> 나무를 심은 건가 내 몸에서 흔들리는 나뭇가지, 우아한 풀들이 자라나는 공중의 들판 너는 길고 나는 아름다워 꼬리에서 자꾸만 긴 뱀이 자랐네 팔에선 좁은 들길이 자랐네 내가 걸어간 발자국을 달빛 내려앉은 공중이라고 해줘 나에게 와주었을 때의 저녁, 나무가 흔들리는 들판에서의 만남 별들이 고요해지면 우리는 긴 혀를 뻗어 서로의 입술을 훔쳤네 관자놀이에서 흘러내리던 별 그날 이후 나는 공중의 바람처럼 밤하늘에서 빛났지 별이 되어 반짝이다가 나는 나를 데리고 먼 여행을 떠났지 별이 온몸 가득 흔들리기도 천 개의 나뭇가지로 네 마음속에서 흔들리기도
>
> —「잠의 나뭇가지」 전문

이어진 시의 특성 중 하나는 사물과 사물, 사물과 신체, 마음과 물질이 뒤섞인다는 점이다. 이는 꿈의 특성이기도 하다. 몸에서 나뭇가지가 흔들리고, 공중에 들판

이 펼쳐진다. 그리고 '너'가 공중 들판의 길처럼 길게 늘어져 있다. 그 '너'는 뱀이 되어 '나'의 '꼬리'에서 자라난다. 그것은 들판에 난 '좁은 들길'이다. '나'는 이 공중 들판의 들길을, 뱀을, '너'를 걷는다. 그곳에도 나무가 있어 바람에 흔들리고, 달빛이 내려앉으며, 별들이 '나'의 "관자놀이에서 흘러내"린다. 이 아름다운 공중 들판 위에서 뱀의 혀를 가진 '너'와 '나'는 "서로의 입술을 훔"친다. 물론, 이 들판은 '나'의 마음속에 있는 꿈 공간일 터, 이 꿈을 꾼 후 "나는 공중의 바람처럼 밤하늘에서 빛"나는 별이 될 수 있었고, "나를 데리고 먼 여행을 떠"날 수 있었다. '나'가 당도하는 곳은 "네 마음속"이다. 그곳에서 "온몸 가득", "천 개의 나뭇가지"처럼 '별이' 흔들린다. 이 나뭇가지는 원래 "내 몸에서 흔들리는" 것이었는데, 이제 네 마음에서 흔들릴 수 있게 된 것이다.

사랑의 꿈. 이 꿈이 삶을 변화시킨다. 이 환몽 덕분에 '너'의 마음에서 흔들리는 존재가 되는 여행을 할 수 있었다. 다시 말해 시를 쓸 수 있게 된 것이다(그래서 '너'는 독자로 읽을 수도 있다). "나를 데리고" 가는 '먼 여행'이란, "내 몸에서" 나뭇가지가 흔들린다는 환각에서 촉발되어 시작된 환몽의 세계로의 여행이며, 이 여행의 기록이 시이고, 이 시는 '너'의 마음속에서 흔들리는 별이자 나뭇가지가 된다…. 시의 '단어들'은 이 여행을 이끄는 추진

자다. 단어들에 시인의 욕망이 숨을 불어넣어 주면, 단어들이 품고 있던 이미지들이 재현이나 논리로부터 해방되기 시작한다. 그 단어의 이미지들이 꿈의 여행으로 '너'를 이끄는 것이다.

그래서 시 쓰기와 시 읽기 과정을 보여 주는 「계단의 깊이」에서, 시인은 "단어들이 너를 끌어올리고 있"고, "단어들 사이에서 땀이 번져 가고 있"다고 쓴다. 시인을 끌어올리는 이 단어들의 노고에 의해 "손바닥 위에서 문장이 돋아"난다. 시를 읽는 행위는 저 깊은 곳으로부터 계단처럼 쌓아올려진 단어들과 문장들을 밟고 저 위로 오르는 행위다. 하여, 「계단의 깊이」는 "계단을 파헤치며 너는 시를 읽고 있다 나를 읽고 있다"라는 문장으로 끝난다('너'는 쓰는 자이면서 독자이다).

이렇듯 단어들의 노고로 돋아나는 문장들이 쌓아올려지며 이루어 낸 시의 세계는, 이어진 시인에게는 새로운 현실을 창출한 것이기에 현실적인 의의를 가진다. 그 현실은 밤의 현실, 꿈의 현실이다. 물론 시가 창출한 현실을 우리가 생활해 나가는 현실과 동일시할 수 없다(동일시하는 사람은 광인일 것이다). 그 시의 현실은 생활 현실에서보다 어떤 과잉된 이미지를 펼치기 때문에 과잉(超-sur)현실이라고 할 수 있다. 이 과잉현실이 삶의 진실을 더 잘 드러낼 수 있는 것이다. 이런 면에서 이어진 시인은 초현실주의자들의 비전을 이어받는다고 하겠다.

이어진 시인이 펼쳐 보이는 과잉현실은 어떤 세계인가. 시집 제목에 따르면 "이상하고 아름다운 도깨비 나라"다. 동명의 시가 보여 주는 세계는 정말 엉뚱하다. 책을 읽고 있는 화자는 "책 속에 내가 잠들어 있"게 되고, 책 속의 "이상하고 아름다운 도깨비 나라"에 존재하게 된다(화자가 읽던 책은 『이상한 나라의 엘리스』일까?). 책 속의 세계에서는 모든 것이 전도된다. 한 예를 들면, "원래 여자였"던 '나'는 책 속에 있는 "오늘은 남자의 음성이 내 입에서 흘러나"오는 것이다.

2

표제작 「이상하고 아름다운 도깨비 나라」는 현실 논리가 무시되는 엉뚱한 전개로 독자를 어리둥절하게 하는데, 이 나라가 시의 나라라고 이어진 시인은 생각했을 듯싶다. 그래서 이 시집의 제목으로 이 시 제목을 가져온 것 아닐까. 논리 밖의 상상이 현실이 되는 시의 세계. 이 시의 세계에서 '나'는 '구름'이 된다. 「구름의 시」에 따르면, 구름은 "영혼과 상상을 구별할 필요가 없는 것"이며 "기체를 향해 유한의 생각을 벗는 것"이다. 그리고 "나의 텅 빈 영혼 속에 당신이 구름을 집어넣어 주"면,

“나는 당신의 질감을 격렬하게 느껴” 볼 수 있다. 그렇게 사랑을 통해 우리는 구름이 된다.

유한한 액체-생각-가 옷을 벗고 기화-상상력-될 때, 구름이 된다. 다시 말해 “기체를 향해” 생각의 옷을 벗고 있는 상태가 구름이다(구름은 기체와 액체의 중간에 놓인 존재다). 서로의 영혼에 이 구름을 넣어 주어 상상력으로 가동되게 하는 일, 그래서 서로를 구름으로 변화시켜 주는 일이 사랑이며, 이 사랑을 통해 구름과 구름이 섞이듯이 뒤섞이는 연인은 서로의 질감을 격렬하게 느끼게 된다. 하지만 이 구름 상태로 계속 살아갈 수는 없다. ‘우리’는 ‘이상하고 아름다운’ 구름의 나라, ‘사랑-시’의 나라에서 나와 집으로 돌아와야 한다.

> 드디어 구름의 상영 시간이 끝나고 집으로 돌아오는 시간
> 우리는 구름이었다는 사실을 기억하지 않기로 했다
> 그때부터 다시 액체의 시간을 살아야 한다는 것
> 누구도 알 수 없는 곳에서 우리가 다시 태어나고 있다는 것
> 그것이 결코 나쁜 것만은 아니라는 사실에 우리는 안도했다
> 액체 안에 담겨 하루 이틀 사흘
> 내가 상상할 수 없는 곳에서
> 당신이 점점 아름다워진다는 것
> 우리는 언제나 무한한 구름을 사랑했다

무한한 태양에 휩싸인 구름
활활 타올라
잿빛 하늘을 날아다니는 구름
여기 한 병의 액체 속에
내가 가만히 걸어가고 있다는 것
멀리 당신이 흘러가고 있다는 것
구름에 가린 태양이 흐릿하게 빛나고 있다는 것
구름이 녹아 한 잔의 액체
구름이 잠들어 한 잔의 액체

—「구름의 시」 후반부

'우리'는 하늘에서 돌아와 "다시 액체의 시간을 살아야" 한다. 구름이 액체인 비가 되어 지상에 떨어지듯이. '당신'과 '나'가 구름으로 뒤섞였던 "사실을 기억하지 않기로" 하고, 연인은 떨어져 각자 다시 태어난다. 그들은 서로를 기억하지 못한 채 액체처럼 흔들리며 어딘가로 흐르면서 살아갈 것이다. 그래서 당신이 누구인지 기억할 수는 없게 되지만, "내가 상상할 수 없는 곳에서/당신이 점점 아름다워진다는 것"은 흐릿하게 감지할 수는 있다. 비록 기억하지 못하더라도 액체의 삶 속엔 구름이었던 '우리'의 과거가 무의식적으로 내재되어 있기에, 어딘가에 있을 당신의 존재를 느낄 수 있는 것이다.

무한한 구름이 된 우리는 "무한한 태양에 휩싸"이고는 사랑으로 "활활 타올라" "잿빛 하늘을 날아다"니다가 빗방울로 변환되었다. 하여, "한 잔의 액체"에는 구름이 녹아 잠들어 있다. 지상을 살아가는 액체 속에는 구름이 잠재해 있는 것. 그렇기에 무의식으로 존재할 마음속 구름에 이끌려 액체의 삶은 어딘가로 "가만히 걸어"간다. "멀리 당신"도 무엇인가에 끌려 "흘러가고 있"을 것이다. 그러므로 액체의 삶을 이끄는 어떤 무의식적인 열망은, 그 삶에 녹아들어 있는, 다시 태어나기 이전에 이루어졌던 격렬했던 사랑을 향한다. 마음에 내재화되어 있던 사랑이 액체의 삶을 여행하는 삶으로, 즉 시의 삶으로 전화시킨다.

그러나 이 사랑은 태양에 불타 상실된 것, "흰 구름이 창문을 열고 눈앞에 도착한 오후", "죽은 태양의 슬픔이 나를 즉사시키려 하자/나는 물속 깊이 가라앉았다"(「부력의 기쁨」)고 시인이 쓴 것은 이와 관련된다. 태양은 시인에게 양면적이고 상징적인 의미를 갖는다. 그것은 사랑의 강렬함을 상징하지만 한편으로 사랑을 불태워 추락시킨 것이기도 한 것이다. 하여 사랑을 파괴하는 태양, '죽은 태양'은 시인으로 하여금 슬픔을 불러일으키며, 구름처럼 하늘로 떠서 흘러가고 싶어하는 시의 삶을 '즉사'시킨다는 상징적 이미지를 갖게 된다. 하여, "기쁨이 사라진 뒤부터 내 안에서 검은 태양이 자라고 그 말들이 심장에서 반란을 일으키고 있다"(「심장의 여행」)고 시인은 말하는 것이다.

여기서 이어진 시인에게 '물'의 이미지가 중요시된다. 그가 '부력의 기쁨'을 파괴하는 우울한 검은 태양을 피해 도피하는 곳이 '물속'이기 때문이다. 「달을 위한 소나타」에 따르면, '물속'은 태양과는 상반되는 존재인 '달'의 음악을 들을 수 있는 곳이다. 이어진 시인의 시가 밤의 시이자 꿈의 시인 것은 이와 관련된다. 밤 속의 잠, 잠 속의 꿈은 물속 깊은 곳으로 잠수하는 것과 같다. 그곳에서 시인은 "물방울로 달의 감각을 연주"하는 달을 만날 수 있다. 그곳에는 "내가 꿈에서 주워다 기른 아이"가 "물의 손으로 달을 연주할 수는 없나요"라고 묻는다. 시인이 바닷가를 서성이는 것은 이 물속의 세상을 꿈꾸기 때문이다. 삶을 우울로 추락시키는 검은 태양을 피해 '구름-사랑'의 삶, 시의 삶을 몽상하고 꿈꿀 수 있는 곳이 달의 부드러운 음악을 들을 수 있는 심해이기 때문이다.

그래서 "해안선의 모래 위를 걸으며 너는" "사랑해"(「남애리 바닷가」)라고 말할 수 있다. 바다 앞에서 "너의 심장"은 "푸른 물결 속이라면 두 손을 마주잡고 함께 유영할 수 있을 텐데 깊고 깊은 바닷속이라면 하나의 물고기처럼 해초 사이를 여행할 수도 있을 텐데"(같은 시)라고 중얼거린다. 바다는 잃어버린 사랑-구름-의 기억을 조금씩 부상(浮想)시키면서 사랑과 유영의 열망을 불러일으키는 것이다. 물고기로 존재하고픈 열망을.

소라와 바닷게가 움직이는 바닷가, 생각보다 잘 어울리는 비릿한 맛의 푸른색과 흰색의 물결들, 나는 물을 음미하듯 책장을 넘긴다 목이 마른 듯이, 너는 내 옆에 서서, 나를 슬퍼하듯이 나의 물결을 쓰다듬고 나의 겨울을 생각하고

이마를 맞대 본다 푸른 주름이 가득한 오후의 구름들, 우리를 들여다본다 깊은 곳의 느낌과 바꿔 신은 물결, 적극적으로 달려갔다 되돌아온다 물결을 좋아하는 우리는 구름의 부력으로 올라가고, 가라앉지 않기 위해 두 손을 맞잡고, 비릿한 물결 냄새가 가득 찬다

내 슬픔을 위해서라면 너는 눈사람을 녹여 바다의 음식을 만들고, 우리는 물결처럼 밀려갔다가 다시 밀려오고, 여름의 바닷가는 복잡한데 마음에 드는 물결을 골라 지느러미를 흔들어 본다

다 사용한 바다는 어항에 가두듯 책장에 가둔다 태양의 빛이 좋아서 따라온 물결 자국들 나뭇잎으로 반짝이고

이런 이런, 빛이 흘러넘치고 있군 어항 속에서 두 마리

의 물고기가 뻐끔뻐끔, 푸른 바닷가, 구름들이 떨며 흘러
가고 책장은 고딕식 건물처럼 우리의 깊고 푸른 물결을
들여다본다

—「물고기처럼」 전문

책 속에 있는 바닷가. 아마 그 책은 시집일 것이다. 시 속에 어디에 있는지 모를 너는 존재하고, 바닷가도 펼쳐져 있다. 시인은 "물을 음미하듯 책장을 넘"기며 책 속으로 들어간다. 그곳에서 "너는 내 옆에 서서, 나를 슬퍼하듯이 나의 물결을 쓰다듬"는다. 그곳의 물결은 심해처럼 "깊은 곳의 느낌"을 가져다주고 너와 나는 "구름의 부력으로" 떠올라 "가라앉지 않기 위해 두 손을 맞잡"는다. 물결의 흐름을 따라 "밀려갔다가 다시 밀려오"면서, 어느새 생긴 "지느러미를 흔들어" 보는 것이다.

'책-시' 속에서 만난 너와 나는 물고기가 되었다. 하지만 그곳은 책 속인 것, 책을 닫고 책장에 넣으면, 책 속 바다는 어항에 갇힌 것처럼 되고 너와 나는 어항 속 두 마리 물고기가 되는 것이다. 하지만 '우리의' '어항-바다'는 여전히 "깊고 푸른 물결을" 가진 바다인 것, 그 책 속 바다는 실재하며 책장이 그 바다의 물결을 들여다보고 있다. 이 책 속의 세계, 즉 시의 세계는 언제든지 이곳에 펼쳐질 수 있으며, 이곳의 세계는 다시 바다처럼

변화하고, 우리는 물고기가 되어 사랑의 유영을 할 수 있을 것이다. 시와 함께 살 수 있다면.

책을 펼치면 펼쳐질 시의 세계는 마음속에 형성된다. 시를 읽으면, 마음에서 당신은 물고기가 되어 어느새 역시 물고기로 변해 있는 내게로 다가온다. 즉, 시는 "마음속에 사는 물고기가 당신을 이곳으로 안내"하고, 당신 "물고기는 지느러미를 흔들며 멀리 갔다 내게로 다시 되돌아"오면서 "지금은 우리가 사랑할 시간"(「이상한 기분」) 임을 알린다. 시는 책 속에, 어항 속에 갇혀 있지만, 펼쳐지기 전인 이 책-어항-속에는 이미 거대한 바다가 존재한다.

환(幻)으로 현상하는 시의 세계는 인간이 논리를 통해 구획한 현실 세계와는 다른 논리를 갖고 있기에, 바다는 숲으로 존재하기도 한다. 하여, 「어항 속의 당신」에 따르면, "당신은 나의 어항 속에서 지느러미를 흔들며 건너편 숲을 향해 헤엄쳐" 가는 일이 가능하다. 그 숲에서 나무로 존재하는 나를 향해 다가오는 당신은 '다른 당신'이다. 나무로 존재하는 '나' 역시 '다른 나'다. 서로 구름으로 존재했던 '너'와 '나'는 어항 속의 '당신'과 '나'로 다시 태어난 것이므로. 즉 시 속에서 다시 존재하게 된 것이므로. 그리고 '다른 당신'은 "다른 나를 태우고" "어항 속으로 지느러미를 흔들며 헤엄쳐" 오고, '나'는 그 "당신의 지느러미를" "두 팔로 꼭 안아" 준다. 이렇게 '어항-시'의 세계에서 사랑은 부활하게 되는 것이다.

3

시를 쓴다는 일, 그것은 마음속에 시의 세계를, 바다의 세계를 복원하는 일이다. 그러기 위해선 마음속을 흐르는 물소리, 나아가 마음에 비추어진 세상 속을 흐르고 있는 물소리를 들을 수 있어야 한다. 「내 안의 물소리」는 그 물소리를 추적하는 과정을 보여 준다. 이 시는 자유로운 연상을 통한 이미지들의 환유적인 연쇄의 흐름으로 전개되고 있다. 시 자체가 물의 흐름처럼 전개되는 것이다. "수도꼭지에서 흘러나오는 물소리"에서 연못으로 흘러가는 물소리, 그 물소리를 받아먹고 "물소리 속에서 헤엄치는 잉어들", '물소리-잉어들'처럼 마당을 뛰어다니고 있는 나, "물소리를 잡아당겨 목을 축이고 있"는 식물들…. 하여, "집이 물소리로 범람하고" "거리까지 달려가고", "내가 물처럼 마당에 쏟아"진다. "물소리를 수집"하다 보니 시인을 포함한 세상 자체가 물소리로 출렁거리고 쏟아지고 범람하는 것. 이어진 시인에게는, 시를 쓴다는 일은 이렇듯 물소리를 수집하다가 물소리에 휘말리고, 결국에는 "내 안"에서 물소리가 흘러나

오도록 하는 일이다. 그리고 이 물소리를 연주하여 음악으로 전화시키면 한 편의 시가 이루어진다.

> 검은 피아노 한 대 바닷가에 앉아 있네 파도는 피아노 발목을 감으며 흘러가고, 어디로 가느냐고 물어도 눈 꼭 감고 말해 주지 않고 나의 손가락은 도마뱀처럼 바닷속으로 달아난다 너는 멀리서 나의 손가락을 바라보고 있고 너는 단풍들과 희희낙락 떠들고 있고 나는 바닷속으로 뛰어들고 싶은 도마뱀, 사랑을 할 때 우리는 한 음악이었을까 손가락에 파도가 흘러넘친다 바다는 파도를 사랑하고 단풍은 단풍을 사랑하는 법, 나는 몸을 둥글게 말고 커다란 피아노에 몸에 싣고 바다 위에 떠 있듯이 구름이듯이 흘러간다
>
> 하얀 건반들이 움직이기 시작한다
>
> —「검은 피아노의 흰 파도」 전문

"바닷가에 앉아 있"는 검은 피아노는 시로 현재화하기 이전에 존재하는 마음 아닐까. 시로 연주되기를 기다리는 피아노. "하얀 건반들이 움직이기 시작"하는 것은, 파도에 발목이 휘말려 바닷속으로 피아노가 들어가 흘러가면서부터다. 피아노는 '나의 손가락'과 한 몸인 듯,

그 손가락 역시 "도마뱀처럼 바닷속으로 달아"나고, 그러자 "멀리서 나의 손가락을 바라보고 있"는 '너'가 등장한다. 이와 동시에 잃어버린 사랑이 떠오르고, '나'는 "사랑을 할 때" 우리가 "한 음악이었을" "바닷속으로 뛰어들고 싶은" 욕망에 사로잡힌다. 하여, 피아노를 연주할 "손가락에 파도가 흘러"넘치면서, '나'는 이제 바닷속에서 파도에 따라 흘러가고 있는 피아노-마음-에 몸을 싣고 연주-시 쓰기-를 시작하는 것이다. 이 시 쓰기 속에서 '너'는 음악으로 다시 태어날 것이다.

「피아니스트」에 따르면, 연주-시 쓰기-란 "내가 아는 당신을 음악으로 채워 넣는" 일이기도 하기 때문이다. 이 시에서 연주는 얼음이 녹듯이 손가락이 녹아 물이 되면서 이루어진다. 그럼으로써 "집안이 온통 물바다"가 되고 "음악으로 태어난" 당신과 함께 "물에 잠"긴 집에서 "우리는 물처럼 흘러"간다. 이를 보면, 이어진 시인에게 시 쓰기-연주-란 마음을 물처럼 녹여 어떤 흐름으로 전화시킬 때 이루어진다. 시 쓰는 마음은 물로 가득 차면서 파도가 되며 어떤 흐름을 이룬다. 그럼으로써 음악의 선율처럼 이미지가 전개되기 시작하고, 물속에서 용해된 듯이 '우리'가 한 음악이었던 사랑이 되살아난다. 이 사랑을 되살리고 싶은 욕망이 이어진 시인의 시 쓰기를 추동한다.

하지만 물로 존재하는 당신은 형체가 있는 것일까. 물속에서 '당신'은 물고기가 되어 내게로 오겠지만, 이 물의 세계는 결국 당신의 형체도 몰속에 용해시킬 것이다. 이 '물-시'의 세계는 물질적 실체가 없는 이미지의 세계-앞에서 말했듯이 이어진 시인에게 이 세계도 엄연한 현실, 과잉현실이다-이기 때문이다. 하지만 이 세계에 나타난 '당신'은 결국 얼음처럼 녹아 사라질 것이다. 다시 말하면 하늘에서 내리는 눈처럼 당신은 '나'에게 오는 것이다. 당신은 구름 아니었던가? 물이 되어 지상에 내려와 사라지고 잊힌 당신. 하지만 구름과 물 사이의 존재가 있다. 눈이다. 이 지상에서 사라지기 전에, 잊히기 전에 당신은 눈으로서 잠시나마 이 세상에 가시적으로 존재할 수 있다. 이 눈을 뭉쳐 눈사람을 만들면, '당신-너'의 모습이 될 것이다(물론 '당신-너'로부터 사라진 '나' 역시도 '당신-너'에게 눈사람으로 존재할 터이다).

4

언제나 사랑하는 마음으로 눈이 내린다 나에게 사랑을 고백하는 거리의 사물들, 거리의 풍경들, 죄다 너에게 눈사람을 건네고 있다 너는 눈사람을 사랑하는 눈사람, 걸림돌이 문제가 되지 않는다고 말하는 눈사람 나는 작고 어여쁜 눈사람을 만들며 너의 언덕을 오르고 있다 너의 언덕엔 나의 언덕에서 마중 나간 아름드리나무들이 눈사람처럼 소복하게 눈을 맞고 있다 우리 언제 사랑했었던 적 있었나요? 너는 내 귓불에 속삭인다 언제나 열애 중이었나요? 그런 말이 들린 것도 같고 나는 커다란 언덕 하나를 꿈꾸며 네 언덕의 가장 낮은 곳에서 눈사람을 만들고 있다 푸르게 지붕 위에서 눈뭉치가 떨어진다 언제나 나를 지켜보고 있었다는 듯이 언제나 나의 슬픔을 위로하고 싶다는 듯이 내 기억 속에서 너는 늘 열애 중 네 기억 속에서 나는 늘 부재중

—「열애 중」 부분

내리는 눈은 "사랑하는 마음"을 표현한다. 그래서 눈이 쌓인 "거리의 사물들, 거리의 풍경들"은 "사랑을 고백"하는 모습을 띠고 있다. 이 마음-눈-을 뭉치면 사랑하는 사람이 된다. 그래서 서로 사랑하는 너와 나는 눈사람, "눈사람을 사랑하는 눈사람"이다. 나를 사랑하는 너에게 사랑을 고백하는 거리의 사물들과 풍경들은 "눈사람을 건네"고 있다. 하지만 나와 너는 이 세상에 내려오면서 서로를 잊고 다른 존재로 변해 버렸기에, 나는 사랑하는 네가 현재 누구인지 모른다(너 역시 마찬가지다). 그렇기에 나는 너를 기억하려고 애쓰면서 눈사람을 만들

며 지금은 누구인지 모를 너의 세계로 들어가려고 한다. "너의 언덕에 오르"고자 하는 것이다.

그 언덕엔 이 세상에서 나무로 변해 있는 너를 만날 수 있다고 나는 생각한다(너 역시 마찬가지일 테다). 그렇게 만난 너가 "언제나 열애 중이었나요?"라고 "내 귓불에 속삭"일 것이라 기대하면서. 왜냐하면 "내 기억 속에서 너는 늘" 나와 '열애 중'이었기에. 하지만 나는 "네 기억 속에서" "늘 부재중"이었으리라고 생각한다. 떨어져 있는 연인은 사랑하는 상대방이 자신을 계속 사랑하고 있을지 자신이 없는 법인 것이다. 하지만 "지붕 위에서" 떨어지는 눈뭉치가 그래도 "나의 슬픔을 위로"해 준다. 나의 앞에 떨어지는 그 눈뭉치는 나를 사랑하는 네가 "언제나 나를 지켜보고 있었다는" 증거처럼 느껴지기에.

눈사람을 만들어 사랑하는 너 대신 여기에 존재케 하는 것은 얼마 있다가 녹아 버릴 허구를 만드는 것과 같다. 그래서 이어진 시인은 "내가 사랑이라고 믿었던 실체는 사실 내가 만들어 낸 허구의 커다란 사탕이었던 것"(「사탕」)이라고 말한다. 하지만 시인은 눈덩이를 뭉쳐 눈사람을 만들 듯이 계속 이 허구인 "사탕을 만들고 있"으며, "나를 그 안으로 집어넣"어 "나의 사탕 속에서 밀애를 나"(같은 시)누고자 한다. 시인은 누군가에게 사탕을 달라고 부탁하듯 "눈덩이를 잃은 눈사람처럼…… 내 위에 하나의 눈덩이를 얹어 주세요"(「눈사람」)라고 하늘에 부탁한다. 그 "눈덩이 위에" "네가 돌아오지 않는 밤"에도 "외롭지 않을 둥글고 커다란 집을"(같은 시) 짓고 살기 위해서다. 그 '눈덩이 집' 역시 사탕처럼 녹을 터여서 실체가 없는 것일 테지만, 시인은 그 허구의 집에서라도 사랑하기를 지속하려는 것이다. 이 허구의 집이 문학이자 시라는 것은 짐작하기 어렵지 않다.

4

이어진 시인에게 시를 산다는 것은 휘날리는 눈송이를 "나에게 보낸 너의 무한한 눈송이"라고 여기며 "음악 하나를 떠올리는"(「첫눈 오는 날의 몽상」) 삶을 사는 것이다(이 음악을 시로 치환할 수 있겠다). 그는 휘날리는 눈발을 맞이하면서 "추억 속으로 여행가"(같은 시)기 위해 '열차'를 탄다. 이 열차는, 시집의 마지막에 실린 「기차역에서」에 따르면, '뒤로 가는 기차'다. 이 시에서 시인은 "기차를 뒤로 달리게 하"여, 구름 속에서의 삶-전생의 삶-으로 회귀하고 싶어한다. "구름과 구름 사이를"(「구름 사이를 기차가 지나갔다」) 횡단하는 여행을 꿈꾸는 것이다. '뒤로 가는 기차'는 이 여행을 실현시켜 주는 기차다.

구름에서의 삶으로 회귀하기 위해서는, 앞에서도 보

앉듯이 우선 물속의 삶으로, 다시 말해 '물고기 되기'로 나아가야 한다. '뒤로 가는 기차'는 뒤로 달림으로써, 물의 세계를 이곳으로 이끌어 들인다. 그리하여 그 기차는 "물속을 헤엄"쳐 가는 것인데, 그것은 시간을 거슬러 올라가는 운행을 의미한다 하겠다. 한편, 뒤로 가는 기차가 속도를 빨리 올리면 올릴수록, 세상은 물에 잠긴다. 그 속에서 "사람들은 팔다리를 허우적거리며/ 깊은 바닷속으로 탐험"하고, 물속의 세상이 드러나고 있는 기차의 "유리창에 두 얼굴이 포개지"면, 즉 사랑이 이루어지면 "하나의 물고기가 탄생"한다(우리는 위에서 이미 이 물고기가 이어진 시인에게 어떤 의미를 가진 존재인지 자세히 살펴본 바 있다).

이 '뒤로 가는 기차'는 시의 세계로 나아가는 동력인 상상력을 의미할 것이다. 하여, 이 상상력-기차-이 시-구름-의 세계에 도달하면 구름-사랑-의 씨앗을 얻을 수 있을 터, 시인이란 그렇게 얻은 구름의 씨앗을 이곳 대지의 세계에 심는 사람이다.

봄의 여신이 가벼운 신을 신고
오늘의 들판에 앉아 도시락을 먹는다

어떤 나무는 새로워지려는 흙의 노래를 일으켜 세운다
심장에서, 젖은 다리에서 뛰어나온 손가락을 들판에 부

려놓는다

하늘을 독해하다가 구름 한 조각을 들판의 꽃들에게 읽어 주는 당신, 한 페이지의 봄비가 조근조근 내리고 있다

검은 흙의 문장을 일구고 구름의 씨앗을 심는다

바람은 먼저 와 있다 흙의 알갱이를 어루만지며 나무의 깊은 슬픔에 귀를 대고 젖는다 풀의 혀들이 초록으로 돋아나고 있다
연두에서 초록으로 번져가는 계절은 중편이 어울린다
나무의 그늘을 펼쳐 놓고 주인공들의 이름을 살핀다

그런 날, 나는 백 년 전에 태어난 사람으로 봄과 마주 앉아 구름의 시를 주고받는다 무수한 초록이 일제히 태어나 흔들리고 있다 어떻게 미래에서 과거로 돌아갈 수 있는지 꽃들은 말하지 않지만 봄은 그 방법을 안다

내면의 떨림 같은 흙의 고백들이 보리밭을 걸어 다니고 있다
죽었다가 다시 태어난 봄의 물결이 무수한 바람들과 함께 춤추고 있다 나는 봄이 다시 태어난 것처럼 아픈 나

를 사랑하고 한 발 한 발 봄의 발자국을 따라 걷는다

저만치 태양이 걸어오고 있다 들꽃에게·걸어와 봄의 왕관을 씌워 주고 있다

—「봄의 왈츠」 전문

"검은 흙의 문장을 일구고" 심은 '구름의 씨앗'은 "흙의 노래를 일으켜 세"우고, 겨울의 대지는 봄이 오기 시작한다. 구름의 씨앗이 대지에 심어지나 "풀의 혀들이 초록으로 돋아나"고, 곧이어 "무수한 초록이 일제히 태어나 흔들"린다. 푸른 말들이 펼쳐진 대지의 세계. 이 시적인 세계는 대지의 미래가 구름의 씨앗을 통해 과거에 존재했던 구름-사랑-의 세계로 되돌아감으로써 이루어진다. 시인에 따르면, 봄은 이러한 "미래에서 과거로 돌아갈 수 있는" 방법을 안다. 그렇기에 봄은 이 대지의 미래에 도래할 수 있었던 것이다.

그리하여 "죽었다가 다시 태어난 봄의 물결이 무수한 바람들과 함께 춤"을 추고, 백 년 전에 구름으로 존재했던 '나'도 되살아나서 대지의 봄과 "구름의 시를 주고받"는다. 그리고 "한 발 한 발 봄의 발자국을 따라" 걸으면서, '나'는 "아픈 나를 사랑"할 수 있게 된다. 봄의 태양은 이제 사랑을 태워 버리고는 흙-문장-을 검게 그을

리게 만드는 '검은 태양'이 아니다. 봄의 태양은 새로이 싹튼 사랑의 결실을 보살피고 축하해 주는 존재다. "들꽃에게 걸어와 봄의 왕관을 씌워" 주는 존재.

위의 시에서 이어진 시인은 시-구름-의 세계에서 가져온 사랑의 씨앗이 여기의 대지를 봄의 세계로 푸르게 되살릴 수 있다는 것을 말해 준다. 이렇듯 그에게 한 편의 시란 검은 흙-문장-의 대지 속에 심는 사랑의 씨앗이라는 존재론적 의의를 가지고 있는 것이다. 시는 우리가 살고 있는 검은 태양 아래의 세계를 밝은 태양이 비추는 푸른 세계로 변환시킬 수 있는 힘을 가진 존재다. 이어진 시인은 이 시의 힘-씨앗-을 찾기 위해 '구름-사랑-시'의 세계에 도달하고자 했고, 그래서 그는 '뒤로 가는 기차'를 타고 시를 쓰면서 과잉현실-물속의 환몽 세계-로의 '먼 여행'을 했던 것, 그 여행기가 바로 이 시집이라고 할 수 있을 것이다.

청색지시선 7

이상하고 아름다운 도깨비 나라

이어진 시집

초판 1쇄 발행 2023년 10월 20일

지은이 이어진
펴낸곳 청색종이
펴낸이 김태형
인쇄 범선문화인쇄
등록 2015년 4월 23일 제374-2015-000043호
주소 서울시 영등포구 문래동2가 14-15
전화 010-4327-3810
팩스 02-6280-5813
이메일 bluepaperk@gmail.com
홈페이지 bluepaperk.com

ISBN 979-11-89176-99-0 03810

이 도서는 한국출판문화산업진흥원의 '2023년 우수출판콘텐츠 제작 지원' 사업 선정작입니다.

값 12,000원